墨殤

上一代青燈。是安慈小時候見到的那個，真正帶走左墨的青燈。
引渡完左墨之後沒多久就卸任，將燈杖交給了現任青燈，
並且依照燈者傳承的規矩在遠處看望著接任的燈，
本來一切都很順利，但卻在觀望的十年之期裡發現了意外，於是從遠方趕來進行確認。
本體為月影燈，傳說只要點燃此燈就能展示出以假亂真的景象，
額上帶有小角，會戴著大大的紗帽似乎是有想遮掩小角的意思。

「導一年，觀十年，遠望百年而後淡之，
此乃所有卸任燈者必須進行的守望，對新任青燈的守望。」

左墨

安慈的爺爺，死後少數得到青燈引領的半妖，
同時也是赤染極少數的友人之一。
琴棋書畫皆有涉獵，其中以書畫最為精通，性格跳脫不拘小節，
據說在年輕時是個非常亂來的人，而實際上在老了之後他也還是很亂來。
擁有一些連妖道乃至仙者都無法掌握的能力（符道就是其中之一），
順帶一提，赤染現在的聒噪琴是左墨推薦的，因為他覺得彼岸太安靜，赤染太自閉。

「我來過一遭，也走過一遭，還有什麼比這更棒的事呢？」

三日月

輕世代
FW060
青燈
參
日京川 著
kiDChan 繪

青燈

日京川 著
kiDChan 繪

青燈・楔子

「小慈啊，這塊玉是很重要的東西，絕對不能弄丟喔。」

那是我才剛懂事的時候，爺爺說過的話，在說的同時用非常慎重的態度摸著掛在我胸前的玉珮，然後將玉珮小心地收進我的衣服底下。

看著爺爺謹慎的模樣，我也跟著謹慎起來，儘管我不是很清楚這一小塊玉到底有什麼用，又或者是有著什麼驚天的價值還有為什麼要放到我這個小孩子身上，但既然爺爺這麼說了，那麼我就乖乖照著做。

因為爸爸有交代，爺爺很厲害、很聰明，所以爺爺說的話一定是對的，如果有錯那絕對是自己聽錯，之後會被爺爺抓去把正確的罰寫一百遍。

對於那一百遍的罰寫，本來我是不信的，但爺爺後來真的拿出了爸爸小時候的罰寫本子，疊起來居然有兩個我那麼高，這對當時幼小的我來說實在是一種精神跟視覺上的雙重衝擊，所以在看到了那些罰寫本之後，爺爺在我心中的印象就莫名其妙的變得高大無比。

現在仔細回想起來，這說不定是爺爺的陰謀，只是當時年紀小，沒有辦法意識到而已。

「小慈啊……」

就在我被疊了好高好高的罰寫本給驚呆的時候，爺爺開口了，很語重心長地摸著我的頭說：「如果遇到什麼奇怪的傢伙問你是男生還是女生的話，一定一定，不能說自己是男孩喔。」

「為什麼呀？」在那個當下，我不解的歪著頭，因為，「小慈明明是男生呀，爺爺也說過說謊是不好的，小慈不喜歡說謊……」

「呵呵，沒有要說謊啦，只是讓小慈暫時先別說出真話而已，爺爺也沒有要你說自己是女孩嘛，那些怪傢伙想問就讓他們去問，我們不回答就是了。」

所以這是要隱瞞，不算是說謊。

「那，要到什麼時候之後才能說呢？」

「這個嘛，等到那些怪傢伙不問的時候，我們就可以說啦～」爺爺笑著說出有跟沒有一樣的回答，把我的頭髮一陣亂揉，「所以千萬記住，如果有怪傢伙來問，絕對不能說自己是男孩喔。」

「唔……嗯……」我似懂非懂的點點頭，衣服底下的玉珮像是要呼應我的承諾般，透出了舒服的涼意。

我緊緊地攢著這個帶著冰冷的玉珮，想著爺爺這一連串下來的話，心裡頓時惶恐了起來。

不回答別人的問題很簡單，管好自己的嘴巴就好，可這玉珮……爺爺說絕對不能弄丟的，那是不是該找個地方藏起來？我的脖子是那麼的纖細，要是掉了怎麼辦？

像是察覺到我的想法，爺爺笑了。

「放心吧小慈，只要不是你自己想把它摘下來，那麼不管怎麼樣這玉珮都會好好掛在你脖子上的，哪怕……嗯，總之不會掉！」

爺爺，那個「哪怕……」的後面到底是什麼？沒有人這樣只說一半的啦！

「唉唷，爺爺也是怕嚇到你嘛，那種畫面兒童不宜，等你長大了心理承受度夠了再去找你爸跟你說哈，乖。」

……我突然覺得什麼都不知道也是很幸福的，於是，就在我的身高還沒突破一米大關的時代，我第一次產生了年紀小真好的感悟，以一個兒童而言，這可真是成熟到令人驚駭的思維。

而像是嫌這份思維還不夠成熟一樣，爺爺突然蹲了下來，開啟了一個正常長輩絕對不會對小孩子說的話題。

「小慈啊。」

「是，爺爺？」

「跟你說個很嚴肅的話題，懂不懂無所謂，總之先記著，」爺爺清了清嗓子，一臉正氣浩然，「就是呢，其實不要太在意現在的扮相，雖然短時間裡必須一直裝扮成女孩的樣子，但是你以後還是能找到老婆的。」

「啊？」我的大腦在爺爺說完話的瞬間就當掉了，沒辦法，你很難要求一個才剛懂事的孩子去理解什麼是老婆還有為什麼要找老婆。

可爺爺還在繼續說。

「這個老婆嘛其實不用找那種太漂亮的，看得順眼就好，如果要有一個標準的話，只要比我們家小慈還要好看一點點就行！放心，你爺爺我對孫媳婦很不挑剔，所以小慈啊，放膽去追求！明白嗎？」

「……喔……」我懵懵懂懂的點頭，空白的大腦完全不知道爺爺剛才到底都在說些什麼，反正……爸爸說過，爺爺說的都是對的，那麼這種時候，只要點頭就可以了！

「等你以後有了老婆，有了孩子，就要學你爸爸，親手把這玉珮給解下來，然後在兒子出生的那時候立刻給他戴上，好嗎？」

「兒子？那如果生女兒的話呢？」我很理所當然的問了，得到了爺爺有些尷尬的笑。

「這個女兒啊……其實爺爺也是很想要的啦，不過……唉呀，這東西傳子不傳女的啦！」苦笑的拍著我的頭，爺爺嘀咕著幾句我聽不清楚的抱怨後，認真的看著我，「總之你記得爺爺剛才的話，這很重要，非常非常的重要。」

「絕對不能忘記，小慈，一定，要記得把玉珮傳給兒子喔……」

爺爺的話就像有魔力似的在我腦中迴響著，玉珮本來不斷地送出來的清涼感覺消失了，取而代之的是一片的暖洋洋。

暖暖的、懶懶的。

我的大腦突然混沌起來，視線的前方變得有些模糊、有些扭曲，只有爺爺的臉還算清楚，其他的全都歪七扭八的晃來晃去。

頭很暈，我不舒服地閉上眼睛，伸手摀著嘴巴，企圖把那要吐要吐的感覺壓下去。耳邊，似乎聽見了女孩子的低語，很好聽的聲音，但我卻只想著要把耳朵摀起來。

玉珮的溫度似乎更高了。

吶、

你是男孩？還是女孩呢？

青燈・之一 紙符

紙之造
容多物於一身經緯縱橫
以小而觀大

玉珮在發熱。

迷迷糊糊中，我似乎作了個夢，夢裡的玉珮也暖暖的。

這份暖暖的溫度給人一種懶洋洋的感覺，這讓我即使醒來了，也還是賴在竹榻上不想起身，因為這樣躺著實在太舒服了……衣服上有著溫柔的香氣，榻下是舒服的清涼，胸口又是微微的暖……啊啊，五星級的ＳＰＡ大概也不過如此吧？

我半瞇著眼睛有些恍惚的想著，如果不是因為青燈在這個時候從外頭開門飄進來，我可能還會繼續這麼放空下去。

『安慈公？您醒了？』

「呃、是啊是啊，我醒了……」其實我還想繼續睡的，可是妳都直接喊出聲了這讓我怎麼好意思再賴下去……在心底偷偷嘀咕著真心話，我萬分不捨地撐起身子從榻上坐起，唉，如果可以的話，還真想把這個可以讓人睡上好覺的紫竹床打包帶走，可惜這種話我不敢講，最終也只能在心裡想想了。

「妳在幹嘛？」揉著惺忪的眼，我打了個大大的哈欠，有些莫名的看著青燈，只見她不知從哪裡抱來了一根和她等高的白色柱子，轉身關上門之後就開始在那邊默數著什麼，「那根柱子是用來幹嘛的？」

難道是牧花者要蓋新房子？可是感覺上他連這間竹屋都很少回來，怎麼會需要新房子？

剛睡醒的大腦還沒辦法靈活運轉，我只想得到這類很沒有建設性的可能，青燈沒有第一時間回答我，而是繼續在那邊專心地閉著眼睛掐指頭數著數，也不知道她在掐算什麼東西，就在我忍不住想起身走過去看看她到底在幹嘛時，她突然睜開了眼睛，抱著那根白色柱子，一個側身就往門板上撞過去！

砰！

竹製的門板被這個力道一下子撞開來，那威猛的氣勢讓我差點以為門會直接掉下來。

青燈大大，妳不是一直對我耳提面命的說對牧花者要尊敬嗎？這個尊敬難道不包含溫柔的對待牧花者的住所？

我本來是想這樣吐槽的，可當我看見門外的景色後，那些吐槽就通通吞了回去。

因為門外居然不是紅色的。

呈現在我眼前的是那泓月泉，那有著白花盛開的地方。

「怎麼……」我更用力的揉揉眼睛，嗯，這其實是對眼角膜很不好的一種行為，但是當下實在是太震驚了，所以我忍不住這麼做，「青燈，妳怎麼辦到的？」

『唔？奴家不明白安慈公的意思，』她拖著那根白柱子飄出門，回頭望了我一眼，『安慈公要一同過來嗎？』

「要！」月泉養眼白花養心，多看多精神，這種好康的事情沒理由不跟上的，我迅速地站起身跟著青燈走出去，一邊走一邊繼續好奇：「妳剛才怎麼弄的？為什麼門打開之後能接到這邊來？我之前開看到的都是紅花……」然後每次看都會被那股壓迫感逼退，加上紅花鬼眼珠帶來的陰影，我可能還要過一段時間才能適應那片花景。

『因為一些原因，牧花者教給了奴家開門之法，』她說，將那根白柱子用一雙煙袖虛托在半空中，臉色微赧，『還不是很熟練，所以奴家得用心去計算正確的時機，先前沒能回答安慈公的問題實在抱歉。』

「呃，沒關係啦，我只是好奇而已。」把散亂的長髮撈到身後，我跟著走出去之後頗有興致地觀察起四周來，上次因為牧花者在場的關係沒敢放膽到處亂看，現在這邊都是自己人，我的目光也就肆無忌憚起來了。

白花給人的感覺非常柔和，嫩白的花瓣透著螢光，時不時地會有光點從中飄散而出，這片光點飛舞的奇景搭配上月泉的寧靜，怎麼說呢，有種漫步在星空之中的感覺，很美很夢幻，一個不小心就會沉溺其中。

如果不是因為我爬梳頭髮的時候遇到了一個梳不開的結，我可能會就這樣傻傻地站在原地呆看下去，可惜，被打結的頭髮給破壞了。

我鬱悶的跟糾纏在一起的長髮奮鬥起來，奇怪，之前明明披散著頭髮飆車都不會打結的，怎麼現在我睡一覺起床就變成這樣？難道是因為現在沒有青燈附體的關係？

不是吧，妖者們難道自帶潤絲體質嗎？

我忍不住想起牧花者那一頭長到拖地的柔順長髮，突然覺得這個愚蠢的假設十分具有說服力。

就在我腦袋瓜飛舞著各種妖怪潤絲精之類的詭異念頭時，我的注意力被青燈給吸了過去。

「妳在幹嘛？」

我看到她將那根白柱子慢慢地送到月泉上空，那些從花朵散溢出來的白色光點像是被吸引一般地圍繞在白柱子附近，接著就這樣吸附上去了，隨著吸附上去的光點越來越多，那根白柱子漸漸地變成一種我們在日常生活中很常見到的東西。

那個東西呢，就叫做日光燈管，只是眼前的這個放大了N倍，而且還不需要用電。

『安慈公請稍候片刻，待奴家手邊的工作告一段落後再跟您一一解釋。』青燈的神情十分嚴肅認真，彷彿正在進行什麼大事……嗯，其實這麼說有些不對，因為她不管做什麼都會是這種表情，就算是跟紙妖阿祥他們一起看韓劇也會是這個臉，而且她邊看還會邊做筆記……

所以你很難用青燈的神情去判斷她是不是在做正經事，只能知道她正在辦事，這種不管做什麼事情都很認真的個性實在令人欽佩。

我感慨地想著，然後在那根特大號日光燈亮到一個極致的時候忍不住瞇起了眼睛，而就在我瞇起眼睛的同時，我震驚地發現那根日光燈居然開始被……「削皮」了？

等等……不對，這不是削皮。

我凝神看了過去，很快地發現了當中的玄機，然後我整個人震驚了，因為我到現在才發現那根日光燈根本不是什麼白柱子，而是一卷大得超乎我想像的紙卷！沒錯，就是紙卷！那個被我一直以為是「柱子」的日光燈其實是用不知道多大張的紙捲出來的紙棍子！只是因為體積實在太大了，所以在最開始的時候被我誤認為柱子而已。

而現在，這跟紙卷開始慢慢地被重新攤開——嗯，攤開這是比較委婉的說法，真要認真形容的話我覺得那比較像是懸在空中的滾筒式衛生紙正在被人抽著往下拉……這樣聽起來很不唯美對不對？所以我們還是說攤開吧——總之，那攤開的部分就這樣從月泉的上空落進了水裡。

「……欸？」看到這，我忍不住驚呼出聲，因為我想起了爺爺所說的指示，符道上使用的符紙是需要經過特殊程序去處理的，而其中一個就是浸泡，這個，難道青燈正在幫我做符？

我一邊猜想著，一邊看著那從日光燈管變成滾筒式衛生紙的玩意緩慢地落入泉底，因為是吸飽了白花釋出的光後才落水的，所以在那些衛生紙……嗯，還是說符好了，總之，在那些符全部被泡進月泉裡之後，整個泉水也開始泛起光華，看起來就像是泉底下放了無數盞明燈一般。

水面之上，被紙卷吸走的白光迅速地被花兒們補充，恢復了原先螢光點點的模樣。

水面之下，柔和的光芒靜靜地擴散，由水光蕩出的圈圈漣漪與上方的螢光相呼應，形成了絕妙的景象。

這是現實的世界永遠也無法辦到的奇觀，就算有人用螢火蟲跟水下探照燈企圖模仿重現，那也只有形似而已，眼前的這等神韻是無法人工複製的。

我動容的看著眼前的景象，心底有某塊地方被觸動了。

喵的，此生無憾了，真的。

我感動的想著，而後不知道第幾次的扼腕，啊啊，為什麼、為什麼我沒有隨身攜帶相機！就算拍了之後放出去會被人指著鼻子說這是PS，我也想把這幅奇景給拍下來啊！可惡！等我回去之後一定要立刻去買一臺耐摔好擋的數位相機！誰都不能阻止我！

握緊拳頭下定決心，然後在這片美景之下，站在岸邊的青燈開口了。

『奴家正在跟牧花者學習製符，』她說，目光依舊認真地盯著水面，『紙張的製造與選取多虧了紙爺在，過程十分順利，現在正好進行到浸泡的程序，想來再過不久就能成符了。』

果然是在幫我製符嗎？真糟糕，這個本來是要我自己做的，結果不但先前讓牧花者幫了手，現在又被青燈把這工作給做了，而真正要用符的我呢卻很安逸的在旁邊睡覺休息發呆放空……怎麼講，怪不好意思的。

「那個，真是麻煩妳了……這個本來是我自己該做的……」我有些羞赧的搔搔頭，一時之間不知道該道歉還是道謝。

『一點也不麻煩，奴家只是希望能稍微幫上忙，』在確定水底下的光芒穩定之後，青燈離開岸邊飄到了我身前，『掠道者之事奴家幾乎只能在旁觀看，對安慈公實在過意不去，所以至少要在這類瑣事裡頭幫上忙，好讓安慈公能夠專心修習符道。』

欸？

「沒這回事，青燈妳幫了大忙的，要是沒有妳的話，我早在那個掠道者的巢穴裡就被吃掉了！所以，妳完全不用覺得有哪裡愧疚！真的！」因為現在該愧疚的是我啊是我！

『是這樣麼？』

「當然！」不但撐不住青火的直接昏倒，符道什麼的也是多虧了牧花者跟爺爺的幫忙，現在連自己該做的事情都給人搶先拿去做了，這樣的我如果還不知道要愧疚的話，那到底誰才該愧疚啊？

『果然，跟紙爺說的一樣，』聽著我的大力肯定，青燈的嘴角微微上揚，本來繃的緊緊的表情因為這樣而瞬間柔和起來，『紙爺真的比奴家還要瞭解安慈公呢。』

聞言，我在心底翻了個白眼。

我才不想被一張白目瞭解。

不過，「說到這，紙妖跟娃娃呢？還在鏡世界裡面嗎？」

『是的，鏡妖由於行動不便所以沒有出來，紙爺倒是有稍微出來一陣，而且在製作符紙的時候幫了奴家很大的忙，後來說了犯睏，就回鏡裡陪鏡妖了，』她翻出掌鏡，裡頭映照出鏡世界的景色，綠意盎然的，但是沒有人影也沒有紙影，『安慈公要同那兩位說話嗎？』

「不用了，其實也沒什麼大事，只是想說眼前的景色這麼漂亮，想讓那兩個也出來看看而已……」

『呵呵，若是此事的話，安慈公無需掛心，』青燈的笑容變得更明顯了一些，『先前牧花者親自示範之時奴家同紙爺與鏡妖都在一旁觀看、學習，當時的月泉之景更勝眼前，紙爺看了之後有試著喚醒安慈公，可惜……』她有些抱歉的看過來。

「……可惜我睡死了對吧？」

『是的，實在對不住，奴家也有試著要搖醒您，但是……』

「什麼都別說了，我懂得，」淚流滿面，只是我現在不知道是因為沒看到美景而哀傷，還是因為青燈跟紙妖居然會這麼貼心而感動，「青燈，也跟我說說這個製符吧？」我蹲到月泉邊頗為好奇的往下看，水底映出的光照亮了我的臉，「畢竟是我自己要用的，我想多了解一些。」

爺爺的筆記上面雖然也有提到如何製符，但既然青燈去請教了牧花者，那我也想聽聽看牧花者的版本，多聽多看多吸收，這個，增廣見聞也不錯啊，而且這可是跟我身家性命掛鉤的事呢，以後沒準還會遇上這類的事情，多份了解也算多份保障……至少能保障心安。

『好的，奴家做了筆記，這就給安慈公講講。』她說，然後不知道從哪裡掏出了筆記小本本，一翻開，上頭密密麻麻的用我看不懂的字記錄著什麼，那是燈妖們特有的文字，在進行重要或隱私的記錄時才會使用，行雲流水的十分好看，如果不說那是字的話，十個人看了會有十一個人覺得那是手繪花邊，多出的那一個是路人。

其實，要不是青燈跟我明說的話，我也以為那些筆記是手繪花邊，而青燈本人的興趣就是很認真凝重的進行花邊創作……之類的，這個念頭很蠢，所以我在知道事情的真相之後，很快就讓它在我的肚子裡跟著當天的晚餐消化掉了。

青燈的製符講座是從造紙開始說起，這點讓我非常震驚，雖然剛剛有稍微聽她提起紙張製造什麼的，但我沒想到這個牧花者版的製符術真的得從纖維做起。

『符道所需求的紙張比較特別，現世中的紙是無法承受月泉的力量的，一泡下去就會潰散，所以需要使用比較不一樣的原材料……』

跟我一起在月泉的岸邊找了個地方落坐後，她輕輕地說道，而隨著對造紙程序的瞭解，我越來越良心不安了。

因為這些程序實在太麻煩了，麻煩之外還附帶著凶險！

首先是材料選擇，好的原料幾乎都要去那個幽水下面找，比方說只有在那邊才會生長的冥棲木，幽水呢，就是橫在彼岸跟歸處之間的那道黑漆漆的大鴻溝，底下是不是真有水我不知道，只知道那不是正常人下得去的地方。

找到了冥棲木之後還要輔以其他稀奇古怪的植物，什麼鬼桑啦、妖蕘花啦……人間絕對找不到，通通得在幽水附近挖，挖好弄上來之後得要先泡水然後搗爛，接著要用火把這些東西煮成紙漿，煮好之後將其平鋪於空……

「……等等，平鋪於空是啥意思？」在這之前的製作程序除了材料以外，感覺都跟古代造紙術差不多，可到這一步就有點怪怪了，「不是要鋪在一個平滑的臺子上然後壓水烘乾嗎？」

『壓水？烘乾？』聽到我這麼說，青燈頓時疑惑起來，因為，『不需要呀，鋪上天空之後，只要等待其自行成卷就大功告成了，到時在底下接應即可。』

自行成卷？我的眉頭糾結起來，「妳的意思是說，那些紙漿會自己貼在天空上，會自己脫水，最後還會自己把自己捲起來？」

『是的，人子們造紙的時候難道不會這樣嗎？』

並不會。

看著青燈一臉天真迷惑的神情，我深呼吸了幾次才忍住想要掀桌的衝動，「那個，人類在造紙的時候是沒那麼方便的，雖然我不是很清楚詳細的細節，但是……至少人類做的紙沒辦法貼到天上，也不會自己收乾……」

『這樣啊，那可真不方便呢……』

「……」

對不起喔，人類就是這麼的不方便。

我在心底嘆了口氣，而當我看到青燈在幹嘛的時候，那口氣變得更加沉重了，「青燈，這種事情不用做筆記……」

『唔，可是奴家想了解更多人子與奺者間的不同，所以還是記錄起來的好。』抄寫抄寫。

看著她認真寫字的模樣，我側頭看了看那閃耀著光芒的泉水，頓時一陣頭大，「冥棲木、鬼桑、妖蕘花……天啊，我要怎麼去弄這些東西……」

以人類之軀跑到幽水那邊會不會鬧出一個有去無回啊？不行不行，太危險了，這事要從長計議！奇怪了，爺爺怎麼沒有說到造紙這段呢？留下來的筆記都是從如何加工現有紙張開始講，難道說爺爺那個時候不需要造紙？他有固定的紙源嗎？

那個白目爺爺該不會每次都去麻煩牧花者吧？嗯，很有可能，爺爺的臉皮厚度足以與天比高，連拿符亂炸彼岸之地這種事情都做得出來了，求個符紙對他來說似乎不是什麼難事，可是……爺爺有這個臉皮，我沒有啊啊啊！

這樣我該去哪裡生出紙張來？每次都靠青燈的話這讓我一個大男人顏面何存啊！

我苦惱著，就在這時，紙妖從掌鏡裡滾了出來。

『唷喔～北鼻，你在煩惱嗎？需要諮詢嗎？小生這裡提供全天候全方位的服——』

——啪！

沒等紙妖顯字完，我直接一個彈指直接把這張紙彈飛到一邊去。

真是鬧心，「這時候耍什麼白目啊？沒看到我正在煩惱嗎？」

『安慈公在煩惱什麼呢？』聽到我對紙妖的嘀咕，青燈停下了手中的筆抬起頭來，

『掠道者一事目前已無大礙，短期內也不會有新的妖者消亡，眼下應當沒有需要安慈公操心之處才是。』

『有苦惱要大聲說！』紙妖很快地飄回來發表自己的意見，『人生的困厄絕不是絕望！愛惜生命！珍惜水資——』

——啪！

我又一次的將紙妖給彈飛，不這麼做的話天知道這張紙接下來會到處亂接什麼詞，

「我只是在煩惱如果以後自己一個人的話，該怎麼做這個符紙，比方說那個幽水啊，人類……啊不，像我這樣的半妖能下去嗎？」

『安慈公想要自行下去採摘？』青燈驚訝的瞪大了眼，『萬萬不可，人子的血緣若是靠近了幽水那是會出事的。』

『是啊是啊！安慈公您別想不開啊——噗！』

「想不開個頭！」三度彈飛，我懶得說紙妖什麼了，「我總不能一直靠你們啊，要是哪天你們不在我身邊了，那我豈不是啥都幹不成了？」

語出，青燈若有所思的低下頭來，想來她也很明白我這段話的意思，我現在雖然是

跟她一起當青燈，但總有一天——至少在我掛掉之前——燈杖會選出下一任的青燈，到了那個時候，我想，青燈肯定是要離開的，怎麼也不可能像現在這樣跟著我吧？

而在青燈離開之後，天曉得還會不會有怪東西來找我麻煩，萬一遇到那種有理說不清直接上來就咬的……那我豈不是完蛋了？所以這份未雨綢繆可說並非全無道理。

氣氛頓時變得有些怪異，而在這個時候，無論何時何地都能夠無視各種氣場跳出來搭話的搭波A君從旁邊飛了進來。

『小生會一直跟著安慈公啊！』潔白的紙面上寫道：『小生這輩子都要跟在安慈公身邊報恩呢，所以絕對不會離開的！安慈公儘管放心靠上來吧！小生給你靠！』

看著紙妖那疑似挺起胸膛的模樣，我在覺得好笑之餘也有點感動，因為這份莫名其妙的感動，我居然暫時性地遺忘了紙妖一直跟在我身邊所造成的各種災難，也選擇性地忽略了這傢伙曾經三天內耗光我五包搭波A的事實……

……

…………

慢著！這個不能忽略啊！

三天內！五包！這個浪費紙資源的王八蛋！

我迅速從那莫名的感動中回神，一手直接把紙妖挺起來的胸膛……嗯，就是凸起來的那一面給用力拍下去。

「你不要給我成天搗亂搞浪費我就謝天謝地了，還讓我靠？是要讓我成天靠北邊走嗎？」不得不說，自從身邊出現了紙妖之後，我說粗口的次數就越來越多了，再這樣下去我長久以來經營的形象恐怕要蕩然無存了。

『沒問題的……小生很有用……別的不敢說，只論造紙的話小生絕對是一把手喔！所以安慈公放心吧，符紙什麼的沒問題的！』歪歪扭扭的從我手下爬出來，紙妖這麼表示，然後在自己身上顯示了三個大字：大丈夫。

本來我以為這是紙妖要跟我表示「沒問題」的意思，可看到接下來顯現出來的「頂天立地」四個字後，我不是很肯定的看著青燈。

『這個，紙爺在造紙上的確有所長才，前去幽水處選取的各種原材料品相也都屬上佳，牧花者還好生稱讚了一番。』

唔，這樣嗎？

能得到牧花者的稱讚的話，那的確是沒問題了，不過，「報恩也要有個限度，別隨隨便便就把一生給搭上了，而且我不覺得我對你有什麼恩情，如果哪天你想去別的地方就去，不必勉強。」我戳了戳紙妖，說道。

『可再生之恩實在無以為報，小生只能以身相許了。』

……這種時候，我到底是該感動還是該吐槽？

「總之你記得我的話，不要覺得拘束了，」搖搖頭，我迅速地轉移話題，「那些符紙，泡下去之後要等多久才能撈起來？還有，這麼大一捲，怎麼撈才好？」製符才是正事，雖然妖道的手段我可能學不來，但聽著也新鮮嘛。

『符紙需要經過三個晝日的浸泡，待三日過後，精淬過的可用部分便會浮上水面，屆時將其撈起陰乾即可進行裁切。』捧著筆記，青燈像在念逐字稿一樣的對著我說，我嚴重懷疑這是牧花者的原話，被青燈直接照搬過來了。

不過，「那個可用部分是什麼意思？」爺爺的筆記裡也隱諱的提及了這點，但我不是很懂，趁著現在有專人解說，趕忙提出來問。

『就是字面上的意思，』闔起筆記，青燈說出了讓我錯愕的答案，『泡入月泉中的紙會不斷地接受泉水的反覆淬鍊，最後只會留下精華的部分。』

也就是說，那麼大一卷的滾筒衛生紙，最後會被月泉弄到只剩下一小部分？難怪你們要用這麼大卷的紙下去泡，我本來還在想那麼大卷的紙不知道做完之後要用到民國幾年，現在看來……「那個，可以透露一下剛才泡下去的那些大概能裁出幾張符嗎？」有沒有一百張啊？

『這個……奴家不精於紙類的計算……』她看向紙妖，讓我也不得不跟著看過去。

紙妖難得意氣風發了一場。

『根據小生的判斷，剛才那些泡完之後大概可以得到……十張吧！運氣好一點的話，十二張！』紙妖身上大大的寫了一個十，然後在旁邊用愛心框了一個十二。

我深深的吸了一口氣。

十、十到十二張？

爺爺，飯不能只吃一半，話也不能只說一半啊！隱瞞了這麼重要的數據究竟是何居心啊？難道是想看孫子的笑話嗎？

我掩面呻吟，腦中一閃而過的是老爸曾經的告誡：「你爺爺的話都要先打個對折再打八折，傻傻的全信的話那就是真的傻了。」本來我還以為這是老爸在排擠爺爺，因為小時候我跟爺爺比較親，可現在想來，這根本是過來人的經驗談吧！

簡直精闢無比！

「難怪那一櫃子的白符就讓牧花者準備了好些年……」本來我還以為是人家想到了才稍微做一點，結果這樣看來根本不是，是真的持續地準備了好些年，「真的該去跟人家好好道謝一番啊……」

『確該如此。』

『這是一定要的啊！』

「那就等離開這裡的時候好好的去道個謝吧，這個離開……就等這批泡下去的符紙完成之後吧，對了，這邊的三個晝日要怎麼算啊？」我記得這裡沒有時鐘，而且時間感也很詭異，這種情況下要怎麼計時間？

『憑感覺。』紙妖。

「你走開，我才不相信你。」
『紙爺說的沒錯，憑感覺即可。』
「欸?真的假的?」
我一臉困窘的看著青燈，得到了非常堅定的點頭，然後?
然後我就在各方考量下，乖乖的窩在竹屋裡頭看了三天三夜的符道，紙妖也很認真的幫忙翻譯了三天三夜，雖然中途有好幾次跑去鏡世界消極怠工，不過大多數的時間裡可以說它也跟著我一起學習了。
再然後?
再然後我就發現從爺爺留下的訊息裡總是能窺見他跟牧花者相處的零星過往，本來呢，我是想抱持著看故事的心情在看這些紀錄，但後來我發現我太天真了，因為那上面的內容不但讓我的嘴角抽搐，甚至連心臟都差點要跟著抽搐了。
比方說後面提到的一些更高級的符紙製做法，這部分是爺爺自己後來手寫追加進去的，全是我看得懂的字體，不需要紙妖翻譯。
『小慈親~現在就讓爺爺跟你說一下比較有難度一點的符紙製作，首先是過火，這火呢必須用心火去燒，所謂的心火你應該也已經有所體會了，就是你用以凌空畫符的那些火焰。』
唔喔，看到這我的心頭一陣咯噔，這真的有難度。

爺爺說的我知道，可那些火我還沒能完全掌握，而且數量上頂多寫三個字，筆畫還不能太多，這樣有辦法搞定一張符嗎？

「剛開始肯定是不成的，但是沒關係，真的燒不成你可以去找那傢伙幫你燒，業火什麼的好高檔的啊～不用白不用！放心，他個性很好不會跟你計較這些的！」

……

……

嗯，然後是一段非常正常的過火技巧，再來是印染，這部分也很正常，可當我看到鑲線這段的時候，我又開始不淡定了。

「鑲線，這裡需要一點的巧手慧心，其實並不難，平常多繡點花就可以練起來，所謂鐵杵磨成繡花針嘛，小慈親你可以的。」

繡、繡花？

我的臉稍微扭曲了一下，一個大男人拿著繡綳在繡花能看嗎？

「至於選材部分呢，就很多樣了，爺爺在下面列了個清單給你，然後好康逗相報，這裡要特別推薦一個不但容易取得效果又十分強大的線！」

喔？

看到這，我眼睛一亮，什麼東西這麼好用？

「那傢伙的頭髮。」

……

…………

輕輕地闔上爺爺的筆記，我的嘴角不住抽搐起來，這一瞬間，突然有種沒有臉再去見牧花者的感覺。

牧花者，真的很對不起啊……

就在我開始替爺爺的所作所為懺悔的時候，紙妖又將一張翻譯好的筆記送了過來，看著那張紙，再看看那張紙妖，我突然意識到一件不得了的事情，這讓我火速將紙妖給抓到眼前。

「你都看到了？」

『啥？安慈公您指的是什麼？』紙妖浮現出一大堆的問號，顯然對於這沒頭沒腦的問題有些摸不著北。

我看著沒有任何開啟跡象的門扉，確定青燈不會突然跑進來後，重新翻開了筆記，嚴肅的指著爺爺那些留言，「就是，比方說像這樣的內容，你都看到了？」

『唔？看到了呀，』紙妖飛快地回答，我的心重重的沉了下去，而像是怕我的心還不夠沉一樣，紙妖最後來了個神補刀：『安慈公的爺爺實在是妙人啊，身懷人子血脈卻能同那位牧花者大人這般相處，實在太神奇了，後頭還有更強悍的！爺爺大人居然跑去偷窺牧花者大人洗浴——』

——咳咳咳咳咳！

『然後還感歎著牧花者大人的身材很好來著，嗯，真的很好呢，以人子的標準來說，要去當模特兒絕對沒問題！』

「你又知道了？」好不容易止住內心的嗆咳，我沒好氣的看著紙妖。

『當然知道，因為旁邊附上了素描。』

「……」

牧花者，真的、真的很對不起啊……

掩面，我實在無法形容我現在的心情，當真是一日痛哭流涕淚流滿面，一日羞憤欲死無語問天，可儘管在這種悲憤羞窘的狀態下，我還是忍不住自己的好奇，那就是：

「素描在哪？」

在這裡要澄清一下，我絕對不是對牧花者的裸體有興趣，都是男人，他有的我也有嘛，我只是單純的想看看爺爺的素描水平而已，真的。

『在這在這，』聽到我發問，紙妖就像是要獻寶一樣地迅速將那部分給翻找出來，『就是這張，安慈公請看，畫得真是不錯啊是吧～』

那是一張額外夾進去的素描紙，上頭是一個男人下半身泡在池子裡的畫面，池子應該是月泉，因為旁邊有不少那種長在月泉邊的白花，至於男人當然就是牧花者了，就如紙妖所說，身材真的很好，優雅的肌理線條給人多一分太壯少一分又太過纖細的感覺，所謂的穠纖合度大概不過如此。

倘若這不是經過爺爺筆下美化的結果，那牧花者這身材真的完全可以去當模特兒了。

我有點羨慕的看著這張素描，唉，人比人得死，貨比貨得扔，在牧花者面前，我這身板完全就是個該被扔出去的貨，說也奇怪，我平常吃的也不少，可就是不長肉，都不知道吃下肚的東西都跑哪裡去了，直到現在都還是一副瘦弱樣，真是……

我長嘆一口氣，然後有些作賊心虛的將這張素描收起來，接著就是對紙妖耳提面命，嚴肅地告誡它務必要保守祕密，絕對不可以讓第三個人知道爺爺的這些留言。

特別是青燈，我真的無法想像青燈知道這些事情之後的反應。

『明白了，這是爺爺大人專門留給安慈公的嘛，是重要遺物來的，小生不小心看到已經不應該了，嗯，放心，絕對不會讓第三個人知道的！』

「明白就好。」我寬慰的說，第一次覺得紙妖那有些過於簡單的頭腦是這麼的可愛。

之後，因為三晝日的感覺差不多到了，我就將筆記跟翻譯的紙張通通收拾好，跟著紙妖一起去月泉那邊找青燈，說真的，我到現在還是覺得同樣一扇門打開後卻能通往兩種不同地方這種事情實在太神奇了，比魔術箱還要魔術。

由於我跟紙妖都不懂怎麼樣開門才能到月泉那側，所以在回竹屋的時候青燈有在門縫間夾上一根弦，確保兩端的連接，這樣的話就算我們不知道該怎麼開門，拉著弦也過得去。

當我跟紙妖順利來到月泉的時候，青燈正好在收攏浸泡完畢的紙張，數量真的非常的少，看那殘存的面積，實在很難想像那本來是那麼大一卷的紙筒……然後這裡不得不要佩服一下紙妖，因為剩餘的紙張在陰乾並且裁切完畢後，真的只裁出了十張。

果然是紙最了解紙啊。

拿著那十張白符，我如此感嘆道。

安慰了下因為沒能達到最高產量而有些心情低落的青燈跟紙妖，我晃了晃手中的符，「好啦，現在製符程序已經完成，那我們就準備離開吧，等我換好衣服，然後再去跟牧花者道個歉……」

『道歉？』青燈很困惑，『安慈公做了什麼需要道歉的事情麼？』

「呃、」糟糕，因為爺爺的那些紀錄讓我對牧花者的愧疚達到了前所未有的高度，結果一個不留神就說溜嘴了，「沒有啦，是道謝是道謝，哈哈，看書看太久把人都看迷糊了，一時口誤不要太在意……」

很僵硬地將話給轉過來，我哈哈傻笑的將這話題給蒙混過去，接著就率先走回竹屋裡。

「總之先來找替換的衣服吧，牧花者之前說就放在屋子裡，妳知道放在哪嗎？」進屋，我看著裡頭簡單的擺設有些發愁，牧花者的東西我可不敢隨便亂動，雖然直接翻找下去肯定很快就能找到，但這種行為也太沒禮貌了一點。

爺爺已經做了夠多沒禮貌的事情了，我這個孫子可不能學他。

『嗯，大人先前有稍微提點過，就在這一層櫃子裡，』翩然飄到了一個貼著牆的櫃子邊，青燈伸手抽出了最底下的那層抽屜，在發現裡頭的確裝著不少衣物後，點點頭側身讓開，『應當就是這些了，安慈公您來試試看，看看可否合身，若不合適的話，奴家給您改改。』

「真的？」居然還能享受現場修改的服務嗎？「那就先說謝謝了。」

我有些受寵若驚的走上前，在感動又感激的心情下從抽屜裡拿起一件白色的衣物，抖開。

在看清楚我手裡的衣服究竟是個什麼玩意的瞬間，我定格了，而在定格的同時，我的心底掀起了可怕的驚濤駭浪。

『安慈公？』察覺到我瞪大的眼睛跟僵硬的身軀，青燈很關心地開口了，『怎麼了？這件衣物有哪裡出了問題麼？』

哪裡出了問題？

呵呵、呵呵呵……

問題可大著呢，如果不是長久以來鍛鍊出的堅韌理智，我現在可能已經把手上這件衣服給撕了。

原因很簡單，因為我拿出來的這件，據說是爺爺很久以前留在這裡以備不時之需，被牧花者妥善封存保管的衣服，是一件洋溢著青春氣息，號稱永遠不會過氣的白色連身小洋裝。

整體設計上是簡單大方的萬年流行款。

裙襬帶著蕾絲，還點綴著一些裝飾的小花。

這一瞬間，我突然非常地想去燈橋另一端找爺爺，找到之後，我想我會親切地問候他過得好不好……

『人心可容納萬物。』多年前，爺爺寫下了這句話。

「但不包括白目。」多年後，我在後面補上了這句。

青燈・之二 念慈

一念之慈　萬物皆善
心之所向　念之所往
是為今心也　是為茲心也

純白的衣料傳來了柔軟的觸感，從這質感上可以判斷出這不是那種路邊攤一件兩百有找的貨色，爺爺在這方面還是挺講究的，畢竟是穿在身上的東西，在挑選上總得有一定的堅持。

我下意識或者說逃避性地將衣服往青燈身上比了比，嘖嘖，穿在女孩子身上實在很可愛啊，不愧是爺爺，挑出來的衣服真是不賴，青燈如果穿上這件衣服在學校裡晃上兩圈，絕對可以將校內絕大多數的單身牲口萌殺當場。

我頗為讚賞地看著這件連身裙比在青燈身上的效果，而這個舉動換來了青燈疑惑的目光。

『安慈公為何要將衣物往奴家身上比劃？』她十分不解，『奴家並沒有換衣服的需要啊。』她就算真的需要換衣服也不會換現世的衣服，而是另有自己的辦法。

「我知道，」我當然知道妳沒有需要，可是啊，「你們不覺得這件衣服有哪裡不太對勁嗎？」

『不對勁？』

『哪裡？』

青燈跟紙妖同時發出了問號，這個問號讓我十分震驚。

「你們難道沒發覺這衣服的款式不太對嗎？」我忍著沒把女裝這個殘酷事實點破，為了能讓兩妖能看出問題來，我萬般不願意的將衣服比到自己身上，「看，很不對勁吧？」

我這麼問道，而青燈老樣子的一臉肅穆，看著我手上的衣服認真打量起來，紙妖嘛……這傢伙反正沒眼睛，我也不曉得它有沒有在看，比較值得一提的是娃娃的掌鏡突然飛了出來，光滑的鏡面映出了她端坐在花樹下的模樣，一雙水亮的大眼睛好奇的透過鏡子看了過來。

很好，我莫名其妙的就被三隻妖怪凝神打量品頭論足了，這機會跟經驗還真是難能可貴，也許我該養成寫日記的習慣，這樣的話今天就可以在日記上添加這無比珍貴的一筆……

一邊傻站著接受三妖的打量，我的腦袋一邊胡思亂想著，過了一段不是太長的時間，三妖很有默契的同時得到了結論。

『奴家明白了！』

『小生知道啦！』

『娃娃也看出來了！』

三個像約好一樣的同時發現了問題，這讓我非常欣慰。

「你們終於看出來了嗎……」雖然花了點時間，不過總比看不出來好，我這麼想，然後知道了什麼叫做想像是美好的，現實是殘酷的。

『是的，這袍子太短了！』青燈表示，『居然只到膝蓋，一般應該要遮住腳踝的！』

『顏色太樸素了！』紙妖表示，『純白色什麼的不夠華麗啊！』

『少了彩帶！』娃娃表示，『沒有彩帶是不可以的！』

我：「……」

聽完三妖的判斷後，我的腦迴路呈現了三秒的延遲。

長度？顏色？彩帶？

這就是你們經過深思熟慮之後得到的答案嗎！

這一刻，我再次體會到了什麼叫做人與妖之間無法跨越的鴻溝，在我的臉黑了又黑，忍住仰天吶喊的衝動詢問原因後，才知道這幾個詭異結論之所以會出現的理由。

青燈她是用古裝的印象去進行思考的，也就是說，她認為我手上的裙子應該是要跟牧花者那種裝扮看齊，這才得出了「袍子太短」的答案。

「但是青燈，這是裙子，不是袍子啊……」

『裙子？』青燈明顯的一愣，『奴家不是很懂，但是依照現世人子們的觀點，裙子不都是女子在穿的嗎？』

「……」妳突破盲點了，青燈大大。

為了避免話題繼續在女裝跟裙子之間打轉，我飛快地轉向下一個進行糾正。

「紙妖，太過花俏的服裝看起來很俗，你對純白有什麼意見嗎？」我不相信成天泡各種報紙跟時尚雜誌的紙妖會不知道什麼是女裝，唯一的可能性就是這傢伙對於性別這檔子事完全不在意，我可沒忘記不久前這傢伙還一邊高呼著自己是男紙漢一邊死抓著粉紅蕾絲紙裙子不放。

從這點看來，紙妖對於男女的認知應該是模糊到沒救了，不過，你很難要求一張根本看不出性別的紙去正視男女有別這種事，所以糾正點就直接從女裝跳到顏色。

『這個……小生沒有歧視純白色的意思，只是……』紙妖慢吞吞的顯著字，看起來有些不好意思，『小生一直對於花花綠綠這樣的顏色很是嚮往……』

嚮往花花綠綠？「為啥？」

『因為小生印不出綠色，』認真，紙妖提出了它的理由，『印不出來的顏色最美！』

……懶得理你。

我翻了個大白眼，只花了不到一秒的時間去無視紙妖的回答，我隨手把比在身上的衣服重新摺好之後，看向待在鏡子裡頭的娃娃，「為什麼衣服要有彩帶？」

『這樣移動比較方便呀，而且看起來很飄逸很神仙呢！』歪著頭，娃娃甜甜的笑道，她只要出了鏡世界就只能依靠彩帶移動，要不就只能用爬的，所以對她來說彩帶是非常重要的飾物。

呵呵。

這個時候，我突然覺得某部動畫片裡頭的某個經典臺詞說的真是太對了，很多時候呢，的確，我們只要微笑就好了，呵呵。

只是，雖然很多事情可以用微笑帶過，但卻還有更多事情事無法用微笑解決的，那就是我現在的衣服問題，如果不是到最後關頭實在沒辦法了，我真的不想換上這件爺爺特地留下來的連身裙，哪怕它質料再高檔都不行。

在對連身裙的牴觸情緒下，我很快地想到了替代方案。

「娃娃。」

『是？安慈公有何吩咐？』

「那個，這裡有個不情之請，」我尷尬的抓了抓頭髮，「妳能不能從我房間的穿衣鏡過去，從衣櫥裡幫我拿幾件替換衣物過來？」

『咦咦！要要要娃娃去拿您的衣物是嗎？男子的衣物是嗎?!』聽完我的話之後，娃娃捧著自己的臉蛋驚慌的叫起來，雙頰霞飛，活像個熟透的紅蘋果，『這這這不合禮數……這種事情應當是安慈公的親人或是娘子來做的，娃娃、娃娃怎麼可以踰矩呢？這不可以！』

「欸？」得是我的親人跟娘子才能拿我的衣服？娃娃，妳思想要不要這麼保守啊？這是什麼朝代的……呃，糟糕，我還真不知道娃娃是哪個朝代開始就存在的妖，難道她出生的那個時期禮法嚴謹到這個程度？可現在都民國幾年了啊，「沒那麼嚴重啦，只是件衣服而——」

『——呀！不行的！娃娃辦不到！安慈公對不起您是個好人，但娃娃已經心有所屬了！』鏡子裡傳來這樣的吶喊，然後掌鏡就從空中掉了下去，接著是長達三秒鐘的死寂。

隨著這片死寂而來的，是某兩妖的詭異視線……嗯，紙妖天生無眼，所以在紙上畫了一對大眼睛，少女漫畫風格的，怎麼看怎麼詭異……總之，那樣的視線讓我如坐針氈，不得不第一時間跳出來替自己開脫。

「不要這樣看我，娃娃只是誤會了什麼。」

我這麼說，然後覺得身上視線變得更詭異了。

『安慈公，』青燈飄到一邊將那掌鏡給拾起，看著我深深地嘆了一口氣，『對一個小姑娘家，如此言語輕佻實在不太好。』

言語輕佻？我嗎？這四個字是在說我嗎？我剛才只是請娃娃幫我拿衣服過來而已啊！到底哪裡輕佻了？還有這個小姑娘家是相對於青燈大大妳而言吧？娃娃的實際年齡搞不好有我的二十倍耶！

人與妖之間的鴻溝，時代與時代之間的鴻溝啊！

我如此扼腕著。

『蘿莉控，不解釋。』紙妖放下這六個字，接著就一溜煙地鑽進了鏡子裡，應該是要安撫娃娃去了。

……

………

於是，替代方案就這樣迅速的胎死腹中了，而且死狀之悽慘讓我在往後的日子裡都不忍回想，怕會勾起什麼心靈創傷。

有了娃娃這個先例，我現在也不敢拜託青燈去幫我拿衣服了，天知道她會是什麼反應，至於紙妖……要這廝拿紙還行，可要它搬運衣服的話似乎有些過於為難，看來……

我皺著眉頭看著那件白色連身裙，結果，只能將就著先穿這衣服了嗎？我苦惱的想著，心裡開始無限運轉某段話：天將降大任於斯人也，必先苦其心志勞其筋骨餓其體膚空乏其身……（下略）

哼，不過就是女裝嘛！

咬牙，我惡狠狠的把衣服重新拿起來，仔細想想，我長到這麼大，穿女裝的時間其實比穿男裝還要多，根據爺爺的教誨，我一直到十二歲之前都還在穿女裝，這十多年來的女裝經驗可不是假的！現在不過重新穿回去懷舊一下而已，誰怕誰啊！

好歹這是一套正經的衣服，怎麼也比半裸奔或是穿著古裝回去強。

『安慈公要更衣了嗎？』

「……對。」我百般不願的回答，沒魚蝦也好，誰叫我要把衣服給燒了呢？

『那麼奴家暫且迴避，櫃子裡除了衣物之外，還放有許多配件飾物，牧花者有交代，那全是您的爺爺遺留下來的物品，您完全可以隨意取用。』

還有配件？

看著青燈退出竹屋，我錯愕的來到櫃子旁，剛才因為連身裙的出現實在太令我震驚，導致我現在才能好好觀察這櫃子裡的其他東西，這一看，乖乖不得了，爺爺的準備真是齊全到令人髮指的程度，如果不是有保存期限之類的顧慮，我懷疑他會連化妝品也放進去。

之後有關如何換裝的過程這裡就直接剪接掉吧，畢竟那不是重點，只要知道我很順利的換好衣服就可以了。

胸前的玉珮被我好好的收到衣服底下，不知為何，我有種不是很想讓青燈看到它的感覺，這塊神祕的玉珮，現在連綁在上頭的線都透著一股說不出的味道，你看啊，連衣服都給燒乾淨了，這線卻沒被燒斷，要說那是普通的紅線大概連阿祥都不會信。

綁的線都這麼講究，那這玉珮的來歷肯定不簡單，但，究竟是怎樣的不簡單呢？爺爺從沒透露過一星半點，要不之後回家問問老爸好了，這塊玉珮他也戴了二十幾年有，說不定會得到答案。

我這麼想著，然後看著自己的穿著不住地發出嘆息。

唉，記得我上一次穿女裝已經是國小六年級的夏天了，那時的我正在參加畢業典禮，校園裡的鳳凰花開得很美很漂亮，我到現在都還記得當年那抹奔放的鮮紅花景……

我一邊逃避的回想過去一邊拉動夾在門縫中的弦，告知外頭的青燈我已經換好衣服了，然後在青燈進門的時候，我很彆扭的拉了拉裙角，說真的，我已經六、七個年頭沒有穿著女裝站在別人面前了，現在真是各種不自在。

『很適合您，安慈公。』青燈真誠的讚美著，但是我開心不起來，可人家都這麼真心誠意地說了好話，板著一張臉也不太好，所以我只能努力的扯扯嘴角：

「謝謝誇獎……」

敷衍地回應道，我在猶豫了半晌後，還是沒有穿上本來的球鞋，因為那實在太不搭了，加上等等是要從衣櫥回房間的，穿著鞋子踩下去的話豈不是要重洗一堆衣服？所以我本來的打算其實是要直接赤腳走出去的，但是考慮到外面那堆紅花還有黑到很詭異的土……

嗯，性命安全比較重要，為了避免自己踩到什麼奇怪的東西，我最後還是乖乖將爺爺準備的配套涼鞋穿上去了，那是一雙穿脫方便、簡單大方的淑女涼鞋，穿的時候我還忍不住感嘆了一下爺爺的神通廣大，因為爺爺居然知道我現在穿幾號鞋，櫃子裡準備的幾雙通通都是合腳的尺寸，只能說這真是太神奇了。

在我穿好整套之後，紙妖從掌鏡裡跳了出來，『安慈公居然用髮圈來搭這套衣服！實在太沒造型意識了！』

造型意識？「你又知道什麼叫造型了？」這種情況下我才不會說自己選髮圈只是因為戴起來最方便。

『當然！』紙妖在空中激動的轉來轉去，接著就無視我個人意願地衝到我頭上來把我的髮圈拔掉，開始在上面搞東搞西。

現在想來，沒有第一時間制止這張白目的我真是笨蛋。

因為當我回過神來時，紙妖已經把我的頭髮搞成了雙馬尾，掌鏡在紙妖綁好之後適時飄起，遠遠看過去，我從鏡子裡看到一個綁著雙馬尾的正咩輪廓，可怕的是那馬尾上還別著可愛的白花，跟連身裙上的是同一款……

這讓我忍不住回想起第一次把這張紙帶回宿舍的那天，那個時候這廝也是如此這般的把我的頭髮綁成雙馬尾。

『看！多適合啊！安慈公最適合雙馬尾了！』紙妖非常驕傲的寫道，直接飛到我面前邀功。

「……我們去找牧花者吧……」拿起背包，我目不斜視地將眼前的紙巴開，而就在我把紙拍飛的瞬間，我突然覺得自己的修養又上升了一個高度。

修養什麼的，果然是練出來的啊，我感慨的想。

在青燈的雲霧公車接送下，我們很快就來到了牧花者所在的區域，其實不難找，因為琴音與歌聲就是最佳的指引，不過，就在牧花者的身影進入我的視線範圍時，我莫名的覺得有些侷促。

這個，牧花者他……知道我現在穿的是女裝嗎？如果知道的話，會不會覺得我這樣很怪？我忐忑不安的捏著身上的衣裙，雖然認識牧花者還沒有多久，但在知道關於彼岸之地的事情以後，我是很尊敬他的，在尊敬的人面前，總會想要留下點好印象。

至少不能是女裝癖這種奇怪的印象。

雲霧帶著我們一直到牧花者身後五米處才散去，我跟青燈乖乖的站在原地等，一直到牧花者手邊的曲子彈完才上前。

「要離開了麼？」牧花者在彈完最後一個音後直接開口問道，免去了我不知道該抓什麼時機出聲的尷尬，聲音還是那樣的好聽，只是不知道是太久沒開口說話還是渡曲唱太久的關係，感覺有些沙啞。

「嗯，」我點頭，看著牧花者慢慢起身將琴抱在手中的身影，心跳有些漏拍，莫名的升起一種自己正在面見偶像的感覺，「打擾了這麼久，實在很不好意思。」

「無妨，一點也不久，孤這裡鮮少有人來訪，所以你們的滯留，讓孤很是高興。」他溫和地說，然後轉身過來，在看到我的時候明顯的頓了一下，這一頓，把我整個心眼都提上來了。

「怎、怎麼了……」果然很怪嗎？

「沒什麼，只是在想你果然是左墨的孫兒，」他微微笑道，語氣中流露出懷念的感覺，「這身衣著穿戴起來，竟是與當年的左墨有七八分相似，方才那一瞬間，孤還以為是左墨返魂回來了呢。」

「咦？這樣嗎？像爺爺啊……」聽到這樣的說法，我頓時覺得心頭一鬆，彷彿有顆大石就這麼落了下來，可緊接著下一秒，我就發現這顆大石狠狠地砸到了腳上。

「不好意思……你剛才是說，我這樣的穿著很像爺爺？」我小心翼翼的再確認，而牧花者的點頭壓垮了我心中最後一根稻草。

「是啊，左墨有時會以這類穿著出現，若要說出有何不同之處……」牧花者噙著笑意認真的打量了幾眼，「大約就是他不曾紮出如你這般的髮型吧。」

聽完牧花者的話，我除了無言以對之外就是無顏以對的感覺。

爺爺，為什麼你會穿著女裝來找牧花者呢？你這樣讓孫子壓力很大啊……我抹了抹臉，正在暗自慶幸還好爺爺沒有綁過雙馬尾的時候，牧花者走了過來。

「同上次那般，送你們去鏡妖的空間可好？」他說得客氣，而我整個受寵若驚，爺爺在他這邊不知道幹了多少亂七八糟的破事，他居然還對我這麼照顧，特地幫我準備練習的白符就不用說了，親自坐鎮幫我收服掠道者也是，現在又是一次兩次的特地幫我開通道，這實在……

「勞您費心了！」把身子站得筆挺，我忍不住用上了敬語，如果不是因為我跟他之間的距離有點近，不好彎身，我可能就直接九十度鞠躬下去了，「那個，很多事情……真的很多事情，非常謝謝您！還有就是……對不起……」

「嗯？你的謝意孤收下了，但為何道歉呢？」他說出了跟青燈差不多的話。

「呃……這個……」我頗為尷尬的搔搔臉頰，礙於青燈就在身後的關係，沒敢說得太明白，只能含含糊糊的解釋：「就是關於爺爺之前做的許多事情……各種方面上都很不好意思，我想爺爺那個時候肯定沒道過歉吧，所以就由我來代替他表達一下歉意這樣……」

說著說著，我的頭忍不住低了下來，肩膀也跟著垮下半截，因為這樣的關係，我沒有看到牧花者那似笑非笑的神情，只感到周遭一片令我不安的沉默。

有隻手搭上了我的頭，安撫似的揉了揉。

「孤從未對左墨有過不滿之處，所以你毋須道歉，」他笑著說，手在我的腦袋上輕輕拍了幾下才收回去，「左墨是位很有意思的友人，在孤經歷過的漫長時間裡，他的存在是一道難得的風景。」

牧花者溫和地說，那充滿感情的語調很完美的把我心中的吐槽給堵了回去，一時之間，我有種說不出來的彆扭。

「你不是左墨帶大的吧？」突然，牧花者這麼問，我下意識的搖頭。

我的確不是爺爺帶大的，只是小時候常常過去找爺爺玩，基本上還是媽媽在帶，而這個「常常」其實可以理解成每天晚飯後，反正兩邊住得很近，一個巷子的距離而已，周邊又有三兩鄰居在看著，再怎麼頻繁的來回也不會有問題，所以媽媽也很放心的讓我這樣來回跑。

有時候玩得太晚了，或是爺爺送我回家或是媽媽過來接我，甚至，就直接打通電話說在爺爺那邊過夜的也有，不過即使如此，我還是不能說是爺爺帶大的，只能說爺爺在我的童年時光裡，占據了非常大的一部分。

嗯，玩樂的那部分。

即使小時候是被當成女孩子在養，但實際上我的確是個男孩子，所以要跟同齡的小孩子玩的話難免會出一些這樣那樣的問題，所以童年時代我很少跟鄰居家的孩子們玩，對這樣的我來說，最重要的玩伴就是爺爺了。

可以說，就是因為有爺爺陪我，我的童年才沒有因為穿女裝而變得慘澹，這也是為什麼爺爺走了以後我會這麼失落這麼懷念的原因之一吧。

就在我忍不住陷入跟爺爺相處的過往時，牧花者一副果然如此的點點頭。

「這就是了，難怪孤一直覺得你跟左墨之間相差甚鉅。」口氣不知道是可惜還是慶幸，牧花者一邊說一邊示意我們跟上他的步伐往前走，長長的頭髮拖在地上，讓我完全不敢走在他的正後免得踩到，跌倒還是小事，踩到人家那就是大事了。

可接下來牧花者的話就讓我差點直接向前跌去。

「你太老實了，老實到讓孤差點想再次驗證你是否真的具有左墨的血脈。」他說，而穿著平底涼鞋的我腳下一個踉蹌。

不是我太老實！是爺爺太超過了好嗎?!

這是當下我的內心ＯＳ，只是礙於種種氣氛加上對方是牧花者的關係，我最後還是沒能把這聲辯白給喊出來，只能乾笑：「是、是這樣嗎？」

「是啊，孤就在想，左墨這是轉性了麼，居然能帶出如此乖巧的孫兒，現在看來，果然是誤會一場，」他笑道，然後不知道出於什麼原因，特地側頭回來對我說：「孤沒有詆毀左墨的意思，只是一些感慨罷了。」

「我明白……」完全明白，牧花者你這樣特意跟我解釋，實在讓我不知該如何是好啊……

我在心底垂淚的想著，眼前那繼續往前走的修長背影彷彿發出了盈盈白光，啊啊，我知道這是什麼光，這一定是突破了好人範疇之後所散發出來的聖人光環，簡稱聖光……

……不對！那不是我想像出來的光芒！而是真的在發光！

我錯愕的看著眼前的光，那份柔和跟鎮定的感覺讓我感到熟悉，就在我還沒想到自己是在哪裡看過類似的光暈時，那道光突然猛烈的一閃，逼得我不得不閉上眼睛，當我再次睜眼時，眼前已經完完全全是另一個地方了。

是月泉。

哇賽，這難道是傳說中的瞬間移動嗎？

一時之間，我震驚得差點掉了下巴，本來我覺得青燈的雲霧公車、娃娃的鏡通道移動這些都已經夠炫夠實用了，沒想到牧花者突然來這一手瞬移，直接把前面兩個打趴了啊這是。

「呵呵。」

就在我震驚無比的當頭，一個好聽的笑聲晃進我耳中，是牧花者，他雖然一直都在唇邊掛著淺笑，但是真的像這樣笑出聲的時候還真不多，這讓我免不了一陣呆愣。

看著我的呆愣，他的笑意更深了。

「撤回前言，其實你同左墨之間也沒有差那麼多，真令人懷念，當年孤以這樣的方式將左墨領至月泉時，他也是如你這般的神情吶，」他邊說邊笑邊搖頭，漫步走到了月泉邊，隨手往前一按，袖中有音弦抛出，「所謂的血緣、血脈，實在是非常有意思，為什麼，能夠有這樣的傳承呢？為什麼，會有這樣的相似呢？明明沒有刻意去留傳的……」

他說，隨著這略帶困惑的話語，月湖的水面上被他抛出的髮弦框出了一輪平靜，我愣然的看著這一切，對於牧花者剛才那接近自言自語的說話不知道該如何回應。

幸好，對方也沒有要我回應的意思。

水面上泛出了光，映出鏡世界裡的鳥語花香，娃娃怯生生的躲在樹後面，只探了一個腦袋出來，俏臉上有著害羞跟戒備，看起來還在對我之前請她幫忙拿衣服的事情耿耿於懷。

「好了，過去吧。」確認了水鏡的連結後，牧花者回頭過來看著我們，對於娃娃那有些不太尋常的舉止似乎一點也不在意，這讓我鬆了一口氣。

要是他問起來的話，我還真不知道該怎麼回答才好。

快步來到月泉邊，看著牧花者那淡笑而立的身影，心中說不出是什麼感覺，要說愧疚嘛也不太像，總之就是突然湧現了一股很想替對方做點什麼的心情。

「你喜歡吃什麼？」說的比想得快，我的嘴巴不經大腦的吐出了這句話，語出的瞬間，我明顯地看見牧花者愣了一下，讓我忍不住解釋起來：「我的意思是，如果不嫌棄的話，下次我過來的時候就帶點你喜歡吃的東西過來，算是我的一點心意。」

「……吃？」

像是在思考這個字的意思，牧花者稍微歪了歪頭，這讓我有些心驚，不是吧，我記得妖怪也是會吃普通食物的啊，只是根據種族不同食譜的範圍有差而已，像青燈這類已經化身成人的，基本上只要人類能吃的食物她也能吃，喜歡跟不喜歡的區別罷了，就我所知，青燈她很喜歡喝葡萄汁，每次吞完她的火苗點心就會不知道去哪弄一杯來喝，至於紙妖……

它雖然沒有嘴，但我想，寢室失蹤的大量搭波A足以完美的說明這傢伙的菜單偏好。

就在我腦袋瓜閃過上述這些五四三的同時，牧花者也陷入了思考之中，他想得很認真，這讓本來就很安靜的月泉變得更安靜了。

不得不說，我又把自己搞到一個頗為尷尬的境地，而因為這份尷尬的緣故，我完全沒有意識到「因為妖怪會吃人類的食物所以牧花者應該也會吃」這樣的思考模式在邏輯上存在什麼樣的問題。

所幸，這段讓我如坐針氈的思考並沒有持續太久，差不多在我要投降高喊「對不起請忘了剛才那些話」的時候，牧花者終於結束了他的沉思。

「很抱歉，」他帶著歉意的笑對我搖了搖頭，「時間讓孤忘卻了許多事，除了飲用從月泉深處得來的新湧泉水所製成的茶茗以外，孤已經沒了其他關於飲食的印象，實在無法回答你的問題……」

聞言，我莫名的心一酸。

小時候，爺爺沒少跟我說另一個世界的事情，所以我知道，很多已經不必為了生存而去攝取一般食物的妖啦仙啦鬼啦什麼的，都會漸漸地將「吃東西」視為一種享受或是閒暇時的排遣，畢竟在沒必要吃的情況下如果還特地去找普通食物來吃的話，那麼理由大概只會是：我喜歡、我高興、我樂意。

從那布置簡單典雅的竹屋來看，牧花者應該是那種會讓生活過得很有品質的類型，但他卻說他忘了自己喜歡吃什麼，只記得那用月泉水泡的茶……而這個茶搞不好還是為了淨化還什麼的特殊目的才泡來喝的，也就是說，他的心底除卻這片看起來沒有盡頭的紅色花海以外，沒有其他了。

沒有了。

想到這，我的胸口就像被灌了幾百噸的混凝土一樣，既沉又悶。

就在我整個人堵得慌時，頭上又傳來了幾下輕拍。

「毋須介懷，」像是要安撫我一樣，牧花者很照顧我情緒的說道，「雖然孤不太記得了，但，若是那些用以配茶的小點的話，想來當是喜歡的……」

茶點是嗎！

我整個人迅速精神起來，「沒問題！下次給您帶來！」我大力的點頭，忍不住又用上了敬語，然後就在牧花者的目送下，我跟青燈還有紙妖一起進入了水鏡之中，轉移到娃娃的鏡世界裡。

回頭，那個用髮弦框起來的通道就跟上次一樣迅速地消失散落，最後映出的是牧花者含笑看著我們這邊的身影，而青燈也跟上次一樣，第一時間走過去將那些掉落的弦一一拾起，我不知道她收集那些已經泡過水不能再用的廢棄髮弦要幹什麼，真要我問我也不敢，只能看著她小心地將集好的弦線收入懷中。

然後我深吸呼了好幾口，在把身心狀態都調到最佳後，我握了握拳：「好！回去吧！」

……

…………

仔細想想也不過就是迅速衝回去把東西拿拿再衝回來，沒什麼，很簡單的，就是開衣櫥的時候得注意一下阿祥那傢伙在不在，不然要是被撞見……

嗯，我不敢想像那樣的畫面，所以還是別想了。

為了避免這樣的情況發生，我先拜託娃娃借用寢室的幾面鏡子觀察房間裡的情況，在得到了確定無人之後，這才躡手躡腳的拎著那雙涼鞋踏過鏡通道。

對著黑漆漆的前方一腳踩出，光著的腳底板傳來布料的觸感，嘖嘖，反正是自己的衣服，又是光著腳丫，踩個幾下沒什麼，我貓著身子從鏡子鑽出之後，飛快地打開衣櫥門將涼鞋丟到地上，緊接著就踩著那堆衣物從衣櫥裡跳了出來。

耶！光明！

快點把衣服拿一拿閃人！對了，順便多帶幾件過去彼岸那邊備著，這樣下次要是不小心又把衣服給燒沒了也不怕了！

「有備無患、有備無患啊～」首先牛仔褲是一定要的，然後是T恤、小外套……我一邊在心底盤算著，手上依照著心裡列出的清單開始抓衣服，而就在我思考著是不是該去買幾雙藍白拖還夾腳拖帶過去的時候，一張衛生紙飄了過來，上頭有著明顯的字跡跟塗鴉，這讓我心頭一把火起。

他喵的，都告誡過多少次了，不要隨便浪費紙張就算那是很便宜的衛生紙也不可以！要用就去用紙箱裡回收的那些廣告傳單啊！每次都挑全新搭波A跟偷開面紙包到底是想幹嘛？寫出來的字會比較漂亮嗎？並沒有啊！

把挑好的衣服通通塞進包裡，我憤怒的抓過那張衛生紙，正想要開口大罵的時候，紙上的字卻讓我整個人愣在原地，除了愣之外，就是一種渾身僵硬的感覺。

這個世界總是喜歡跟你開玩笑，不希望什麼來，那個「什麼」就特別會來。

只見衛生紙上大大的字寫著：『祥爺回來了，他傻拉巴機的站在門口，提著鹽酥雞、滷味跟奶茶，嘴巴張得好大好大，根據小生的粗略估算，祥爺現在的嘴巴含上兩個椪柑都沒有問題！』

去你的椪柑，還有那個傻拉巴機又是從哪裡看來的詞？

我在心底恨聲罵道，手心一片冰涼，完全不敢回頭面對現實，就在我滿腦子想著該怎麼樣才能脫離這個窘境時，身後，阿祥有些結巴的聲音傳來。

「……安……安慈？」他不是很確定的問道，這讓我一時間不知道該欣慰還是該哭，欣慰的是這傢伙至少沒有一眼就咬定是我然後開始哈哈大笑，該哭的是……我現在該怎麼辦啊！

冷靜！鎮定！一定有辦法可以渡過難關的！

我這麼想著，腳下默默的將涼鞋套上，接著就用無比僵硬的姿態慢慢轉過身去跟我的好室友點頭示意，嗯，果真如同紙妖形容的那樣，是一個傻拉巴機的阿祥，手上是頗大分量的宵夜，奶茶有兩杯，看來是連我的份也一起買了，從這個角度來說其實阿祥還算是個貼心的好室友……（逃避）。

我一邊逃避一邊尷尬的維持著不自然的笑，而在這個同時，我很清楚的看到阿祥整個人愣了很大一下，跟我剛才看到紙妖的提示字跡時有得拚。

「啊啊啊！」突然，阿祥像是吃了興奮劑一樣的跳起來，如果不是手上還提著宵夜跟奶茶，我懷疑他會直接手舞足蹈的當場表演點什麼，只見他臉上莫名的開出了一片花開燦爛，用充滿興奮跟期待的口吻衝著我問：「妳是安慈他妹對不對！」

這話應該是疑問句，但是後面打的驚嘆號讓人覺得他根本就是認定了，而且也不等我反應過來，阿祥就劈里啪啦的開始自說自話，一時之間整個寢室都是他的聲音。

「哇賽哇賽，妳跟安慈超像的！真的！根本就是髮型不一樣而已，我剛剛差點以為安慈又被抓去搞什麼反串活動節目……唉呀先不說那個，你們是雙胞胎嗎？這麼像一定是雙胞胎對吧！妳哥呢？怎麼只有妳在我們宿舍啊？來來來，先坐先坐，別客氣！」

急匆匆的把門關好走進來，他很殷勤地拉過我的椅子請我坐下，把手上的食物隨意的放到桌上後，雙手捧著剛買回來的奶茶巴巴的獻到我面前，還替我插好了吸管：「這個請妳喝，不必覺得不好意思，這本來就是我幫妳哥買的，所以放心喝下去吧！」

我的嘴角隱隱抽搐了好幾下。

你拿幫我買的奶茶請我喝，還叫我不要覺得不好意思……我真心覺得自己開始搞不懂這個世界了，還有，眼下這狀況就是所謂的差別待遇嗎？在外觀是左安慈的時候我可從來沒享受過這種ＶＩＰ服務啊！

而且這說明了什麼？說明阿祥完全把我認定成是「妹妹」了，奇怪，難道他沒發現我根本沒胸部嗎？貧乳再怎麼貧也不會真的全平啊！我甚至還有喉結耶！這樣也能看走眼？眼睛是糊到牡蠣嘛！

我瞪著手中的奶茶，腦子開始在兩個選項中間掙扎：

第一個選項，用力把奶茶放到桌上怒吼林北就是左安慈，然後接受也許會長達三天以上的阿祥的恥笑。

第二個選項，忍辱負重的假裝自己就是傳說中的那個「左安慈他妹」，嘻嘻哈哈的把人唬弄過去之後全身而退，到外頭換個衣服重新回到宿舍又是一條好漢。

這兩種選擇其實明眼人一看就知道該選哪個，我也知道該選哪個才比較能夠渡過眼前難關，但是理智上知道情感上卻很難接受啊……

於是在這糾結又糾結的狀況下，我很艱難的下了決定。

青燈。我在心裡疲憊地呼喚。

『奴家在。』

聲音借我……

『好的。』聽著我的要求，青燈答應得非常乾脆，而這個時候紙妖像是為了刷存在感的跳了出來，在阿祥背後展開用衛生紙組成的大字報提出它的建議：

『安慈公要不要用娃娃的聲音呀？那樣比較萌！』

不用了，謝謝。我咬牙切齒，如果不是為了維持住形象，我手裡的奶茶應該早早被我捏爆了。

就在我跟青燈求救完之後，很快地，喉嚨附近就傳來奇異的清涼感覺，有些癢癢的，讓我忍不住咳了咳，「咳嗯，」很好，果然變成青燈的聲音了，這樣就不會穿幫了，「你好……」

「我很好我很好！」他點頭如搗蒜的回應，很乖寶寶的拉來自己的椅子坐下，坐姿標準到一個不可思議的境界，「妳怎麼會在我們宿舍？剛剛看妳蹲在安慈的衣櫃前抓衣服，是他叫妳回來拿的嗎？他怎麼不自己回來拿？哪有人這樣使喚妹妹的！妳放心！等他回來之後我會幫妳好好說他一頓！」

他說得慷慨激昂，我聽的心頭火起，為了避免我真的失手把那杯奶茶捏爆，我用了十二萬分的鎮定將奶茶放到桌上，而在這短短的放奶茶期間，耳邊不斷傳來阿祥自我介紹的聲音。

「跟妳說啊，我跟安慈啊可是穿同一條褲子長大的好兄弟！」

不好意思，我小時候是穿裙子長大的，還有，沒記錯的話我是上了大學之後才認識你的，什麼時候一起長大了？我在心底冷冷的回。

「所以妳以後如果有什麼困難不方便告訴安慈的，都可以跟我說！」

跟你說幹嘛？我皺了皺眉，覺得阿祥好像有些殷勤得太過分了，我狐疑的看著他，然後在他的眼底發現了某種奇妙的光芒，這種光我之前也見過，就是他去找炒飯妹的時候會有的……

……我Ｘ！不是吧！

我突然感到了一股強大的危機，連忙搖頭敷衍：「沒有、沒有什麼困難的地方，我哥哥還在等我，我必須離開了。」苗頭不對，先閃為妙！

把話一放，我立刻站起身拿起包包就要往外走，而阿祥也跟著站了起來。

「這麼快就要走了？安慈也真是的，怎麼不跟妳一起回來呢，這樣我們可以多聊聊天，我可以跟妳說一些安慈的糗事……」阿祥一臉很惋惜的樣子，過去拿起我放在桌上的奶茶遞過來，「帶回去喝吧，對了，我是梁佑祥，妳叫什麼名字啊？」

呃？名、名字？

被動的接過奶茶，我的心底一涼。

糟糕，我根本沒想到這一層去，現在臨時要我弄名字出來實在很困難，此時，紙妖很是貼心的在那個衛生紙大字報上頭提供了一堆名字，但是我只看了一眼就全部否決掉了，開玩笑，那種只有在網路遊戲上才會出現的中二ID名誰敢拿來用啊！

可是一直杵在原地不回答也不是辦法，情急之下我的眼睛瞄到了一旁的置物櫃，上頭擺著一罐我咳嗽時很愛吃的東西，不管了！就決定是你了！

「我、我叫左念慈！」

安慈、念慈，聽起來很有雙胞胎的感覺，應該不會讓人覺得奇怪吧？

「左念慈啊，真是個好名字，之前都在哪裡？從來沒聽安慈提起過呢。」

「呃，我、我之前都在京都學髮型設計……」我這麼說著，身形悄悄移動到置物櫃旁，小心地將上頭的某牌川貝枇杷膏給遮起來，臉上的笑要多心虛有多心虛。

「喔喔，這個安慈就有跟我說了，他說妳是學美髮的，京都……這是日本吧？沒想到還是在國外學的，妳真是了不起，」他燦爛的點著頭，然後非常紳士的走去幫我開門，「走吧，妳哥現在在哪？現在有點晚了，要不要我騎車送妳過去？」

「不、不用了！」我趕忙搖頭，心底陣陣發苦，看來用這個模樣走出去已經是無可避免，想到外頭會有很多人看到我這個扮相，當下真是一頭撞死的心都有了。

而且我這個模樣完全沒有宿舍的進出記錄啊！要是被人發現那……

『安慈公放心！小生現在就去把監視器擋起來！』紙妖寫道，而後只見衛生紙大字報迅速一個收縮摺疊，咻地一下往通風孔鑽了出去……

我越來越覺得紙妖的存在很可愛了。

既然確定了不會被拍到出入畫面，我也就稍稍放鬆下來，「我自己回去就好，不麻煩你了。」

「這樣啊，好吧，那我送妳出去。」

「……那真是謝謝你了……」

「不客氣不客氣，來來，這邊走！」

然後阿祥就很熱情地一路護送我出了校門，途中還巧遇了幾個系上同學，那些人在看到我的模樣之後震驚到直接傻住的樣子很好笑，但我笑不出來。

「安安安安慈?!」他們每個都張大著嘴巴，很沒禮貌的指著我，一個名字喊得結結巴巴的，對此，阿祥十分貼心地過去幫我做了解釋：「這是安慈他妹啦！很像對吧？我就說安慈這小子怎麼長這麼好看，原來是遺傳他妹。」

遺傳是來自父母。

我翻了翻白眼，第一時間壓住從心底猛烈上湧的吐槽欲望，並且用上了二十四萬分的努力才能繼續維持臉上的微笑。

在經過一連串的陪笑跟「哥哥平時承蒙照顧了」之類的客套話之後，我終於脫離了阿祥的護送成功離開了學校，之後又忍辱負重地找了間沒有人的女廁進去，穿過洗手臺的鏡子順利回到娃娃的鏡世界。

噩夢啊……

我頹喪地跪倒在鏡世界的一片鳥語花香中，對於剛才發生的一切感到深深的疲累，而看到紙妖跳出來的衛生紙大字報後，我更疲累了。

『安慈公為什麼不用小生挑的名字呢？小生覺得很多都不錯啊！當然，安慈公想到的也很好，但是總覺得少了點夢幻感啊！』

「……名字實用就好，要那麼夢幻幹嘛？」我瞪了大字報一眼，「要是我自己的名字被塞了什麼靈啊雪啊夢啊的，我絕對立刻跑去改名！」要真是女孩的話也就算了，雖然夢幻了點可有些配起來還真是很好聽的，但我是男的！男的！大男人要這麼夢幻幹什麼？還讓不讓人活了啊！

於是紙妖就捲成一團紙屑地滾到旁邊耍委屈去了。

「青燈，聲音可以收起來了，謝謝妳……」雖然明知是借來的，但聽見自己開口說出女孩子的聲音，心底還是覺得很奇怪。

『安慈公，奴家有一事不明白，』收回了聲音，青燈面帶困惑地飄了過來，『還請您給奴家解惑。』

「什麼事？」抓著包包，我四下張望著想找個隱蔽的地方換衣服，啊！那邊那個樹叢看起來不錯……

『就是方才的事，為何祥爺與平常的表現都不同？』眨著一雙純真的眼，青燈問道：『平常時候的祥爺，全然不似方才那般正人君子……』

這真是哪壺不開提哪壺。

「那是因為——」

因為那傢伙精蟲上腦只要看到正咩就會下意識切換成把妹模式，你們剛剛看到的就是阿祥那傢伙刻意表現出來的優雅紳士風。

我本來想這麼說的，但是就在我剛要開口的時候，我發現娃娃不知何時從某棵樹幹後面探出了腦袋，一臉好奇的看過來，於是當下，我改口了。

「那是因為阿祥那傢伙腦袋發熱出問題，等他冷靜下來就會恢復原狀的，至於其他的部分嘛……反正不重要，就別問了。」

丟出了有些敷衍的回答，我倉促地鑽進剛剛相中的樹叢開始換衣服，唉，改口什麼的實在是逼不得已，因為我沒辦法當著娃娃的面說出那種不雅詞彙，她的思想這麼保守，連拿男生的衣服都不敢，精蟲這種詞說出來沒準又要把人家給嚇跑了。

嚇跑還是好的，就怕是直接被人當變態，那樣才慘，我還要跟人家學琴呢！這第一天來就出師不利，還因為拿衣服事件被扣了分，現在得要謹言慎行才好，不然好不容易找到的琴藝老師說不定就飛了。

迅速地將衣服換好，至於換下來的這套白色連身裙……總之先摺好，下次去找牧花者的時候就把它放回本來的地方吧，我這麼想著，然後穿上了之前寄放在鏡世界這邊的球鞋，完成這個步驟後，我徹底鬆了一口氣。

終於，變回「左安慈」了，嗯，至少服裝上變回去了，頭髮還要再弄。

低頭看了下我的錶，很好，現實世界裡一直到現在居然還不到十點，也就是說從我出門準備拜訪娃娃、遇到大蜈蚣、認識了牧花者、學了符道跟製符然後一直到現在，以我自己的感覺來說這是一段很漫長的時光，就算有人說我在彼岸那裡待了三個月我都會信，可換到現實面去看居然還沒有過三個小時。

精神時光屋，果然好可怕，那裡的時間到底是幾比幾啊？

有鑑於將數字真的算出來後我的心臟可能會負荷不住，所以這個念頭只是在我的腦海一閃而逝，再繼續細想下去的話，我怕我會開始去計算自己從彼岸出來之後，牧花者那邊又過了多久時間。

而我相信在最後得到的答案會讓我感到難過。

唉，等回到宿舍，就去查一下哪裡有好吃的茶點可以買吧，我這麼想著，舉步走出了樹叢，一踏出去，只見紙妖站在娃娃的肩膀上灑著一堆又一堆的小紙花，像是在逗娃娃開心，青燈則是提起毛筆刷刷刷的不知道在寫些什麼，看到這樣的情形，我萬分慶幸剛剛沒有把X蟲上腦這四個字說出來。

要是說了，青燈肯定會把它列入筆記清單裡抄寫下來，想到這個可能性，我的心就一片惡寒。

求知慾太強太認真其實不是什麼好事啊，任何事情都要適度的，之後得好好告誡青燈這個道理才行……噢對，還有她拜託紙妖來竊聽我心聲的事情也得處理一下，遇上掠道者之後發生的一連串事情實在太過緊湊，害我差點要把這事給忘了。

但現在不是說這事的好時機，當著其他人面前直接講的話總覺得太不留情面了點，雖然作法上有點不好，可青燈的確是用她的方式在關懷我的心理健康，衝著這份心意，我也得稍微替她著想下不是？

所以就等哪天夜深人靜的時候再單獨把青燈搖起來說悄悄話吧。

我這麼想著，然後開始收拾我的背包，經過了這樣一連串的折騰，我本來準備要給娃娃的禮物可說是七零八落了，漫畫跟撲克牌在遭遇大蜈蚣的時候就宣告報銷，糖果……逃命的時候掉了幾顆，在彼岸的時候自己嘴饞偷吃了幾顆，剩下的數量說要送人什麼的還真有些拿不出手，清點結果，最後只有迷你跳棋完整存活了下來，附帶一杯阿祥給的奶茶，剛好讓我借花獻佛一下。

沒魚蝦也好，禮輕情意重。

在心裡默念著這兩個前後文沒啥特別關係的句子，我硬著頭皮來到娃娃面前，將跳棋跟奶茶一起遞了過去，說時遲那時快，娃娃在同個瞬間抱著琴一秒飛回了她的樹後，老樣子的探出半顆小腦袋來看我。

……我現在是完全被當成變態就對了啦。

「別那麼緊張，這是要給妳的禮物，不是什麼怪東西……」我非常無奈的解釋道，然後在紙妖的大力灑花跟青燈的點頭示意下，娃娃才從樹後面小心地挪出身子來，帶著好奇跟困惑的神情接過我手中的東西。

『這是什麼？』將一看就知道是飲料的奶茶先放到一旁，她小心的翻看著那個迷你跳棋，在紙妖的文字說明下，將扣緊的盒子給打開，裡頭滿滿的放著三種顏色的小棋子，看到那些棋子，她的眼睛一亮。

接下來……接下來就沒我的事了，其實我是想去講解跳棋這個遊戲的，但是紙妖很快速的把這個指導任務接了過去，所以我只好蹲在旁邊看著娃娃跟青燈圍繞著那個展開的小棋盤，讓紙妖風光了一把。

在知道玩法以後，三隻妖還煞有其事的下了一盤跳棋，而這段下棋的時間呢，我剛好拿來打理我的頭毛，當我好不容易搞定那頭雜毛的時候，娃娃她們這盤跳棋初體驗也下得差不多了，本來她們還頗為意猶未盡的要繼續下第二盤，可惜鏡空間跟彼岸不一樣，沒有精神時光屋的效果，所以那一盤棋下完，我也到了必須回宿舍的時間。

至於我的髮型現在又變成什麼樣子，這個大家心知肚明就好，你不能要求一個才第二次自己剪頭髮的人有什麼好手藝，反正現在又變回短髮就是了，而且這次也跟上次一樣，剪下來的頭髮一轉頭就不翼而飛，也不知道跑去哪了。

不用清理是很方便沒錯，但這個現象怎麼看怎麼玄啊。

就在我思考著那些頭毛的去處時，娃娃飄了過來，打斷了我心中這樣那樣的猜測。

『安慈公要從哪邊回去呢？』可能是因為跳棋的關係，娃娃現在對我的戒心大大降低，讓我十分慶幸自己有準備跳棋這東西。

「挑個比較近點的吧，我想早點回去。」這邊手機收不到信號，也不知道有沒有人找我，要是家裡打電話來我卻沒接到……老媽那邊可不好搪塞過去。

『好的，』娃娃點頭，很認真的閉目思索了一番，『那就學校圖書館裡的廁所大鏡子吧！』

……又是廁所嗎？

我無語望天，逃命的時候往廁所跑，回家的時候也往廁所跑，記得第一次跟娃娃見面也是從廁所被拉過去的。

「怎麼我跟廁所這麼有緣……」小聲嘀咕道，我揹起背包，把換下來的那套白色連身裙、涼鞋還有我特地抓出來備用的衣服通通託付給娃娃保管之後，就準備踏出娃娃幫忙準備的鏡通道，而在我要出去之前，娃娃突然出聲把我喚住。

『安、安慈公！』

「嗯？」我不解的回頭，看到娃娃抱著琴躲在樹後（……），怯怯地看著我。

『學、學琴的事，明天也可以的……還有後天、大後天也是可以的……娃娃很有空，所以、所以……』她躊躇地道，一雙眼睛越說越往下看，說到來視線已經完全釘在地上了，『安慈公，一定還要再過來喔……』

娃娃說，小手緊緊抱著琴，看起來有些不安的樣子。

啊。

看著娃娃的模樣，我懂了，她一個人孤單太久，現在好不容易有人可以像這樣陪她說話、下棋，所以她怕我會因為覺得尷尬還什麼的就減少過來這邊的次數，會怕我之後就避著不再過來了。

真是纖細的孩子，我感嘆著，這麼的纖細敏感，總覺得不細心對待的話，哪天就會一個不注意的傷到了。

「沒問題，」我笑著回應，「明天會再過來的，我還要跟妳學琴呢，那明天見啦！」

『嗯、嗯！明天見，安慈公！』揚起頭，她衝著我露出了燦爛的笑臉，天真爛漫的，讓我有種被治癒的感覺，如果眼前沒有紙妖那張寫著「蘿莉控沒藥救」這六個字的大字報，我想我現在的心情會非常好。

廁所裡面是沒有人的，要是有人的話娃娃也不會放我出來，所以我在踏出鏡通道之後，立刻一把將那個由衛生紙組裝成的大字報從眼前扯下來，接著就打開了水龍頭將那堆衛生紙混著水揉成一大團，以保護我難得的好心情為名，我隨便挑了一間廁所進去，把那個濕紙團扔進馬桶裡之後，腳下一踩，沖掉。

神清氣爽。

雖然知道紙妖肯定在被沖掉甚至被淋濕之前就逃脫了，但是這種有洩憤到的感覺還是很讓人愉快的，至於之後紙妖會怎麼哭訴抱怨耍委屈，那就不是現在的我會去考慮的事情了。

於是，我抱著還算愉快的心情回到了宿舍，一進到宿舍，我就看到阿祥面色凝重的看著我：「安慈……」

「幹嘛？」下意識的把包包橫在身前，我的心裡有股不好的預感。

「你剛剛是不是有請人過來幫你拿衣服？」

「……是啊，」其實來拿衣服的人是我，只是你這個眼殘沒看出來，「怎麼了？」

「沒什麼，我只是覺得，我好像遇到真命天女了。」

「啊？」

沒注意到我錯愕又震驚的表情，阿祥很激動的走過來晃著我的肩膀，「對！就是這樣！我知道的！那絕對就是真愛——」

「——真愛你妹！」不好的預感成真，我在渾身起雞皮疙瘩的狀態下直接把包包往阿祥臉上砸去，而這傢伙還不死心的繼續說：

「對啊你也知道嘛！我說的真愛就是你妹啊！」

「去死！」

我怒吼著，猛力在包包上追加了一拳。

老子是男的！

青燈・之三 燈引

青火　非燈不傳　無引不燃
是以燈妖無半者　半者不為燈

我努力維持的好心情就這樣被阿祥破壞了，而且是破壞得十分徹底，如果不是有包包擋著做緩衝的話，我揮過去的拳頭應該能把阿祥整個人種進牆壁裡。

阿祥非常鬱悶，當然，他不知道其實我比他還要鬱悶。

「安慈，你這是做什麼啊？」揉著差點被我打歪的鼻梁，阿祥大抱怨，「我英挺的鼻子要是因為這樣塌掉怎麼辦啊？不過就開開玩笑而已，有必要這麼大反應嗎？」

聽著阿祥的抱怨，我忍不住皺眉，確實，阿祥這傢伙總是三天兩頭的說自己碰到了真命天女，常常早上出門就發現一個真愛，晚上買便當又遇到一個真愛，每天愛來愛去的聽到我耳朵都快長繭了，但是……

「……你剛那真的是開玩笑的？」這回的真愛可是攸關自身安全，我不得不小心謹慎。

「當然是開玩笑的，」他滿臉正氣地回答，「你覺得我像那種會隨便對朋友妹妹出手的爛男人嗎？」

「像。」一秒。

「欸欸這話也太傷人了。」阿祥大受打擊。

「我只是在陳述事實。」我沒好氣的說，走過去將自己的包包拿回來，然後回到了自己久違了的位置上，雖然現實時間只去了一點點，但我現在對這個寢室的感覺就像是過了一個暑假之後才回來一樣，看什麼都覺得既陌生又熟悉。

沒有發現我的樣子有些奇怪，阿祥自顧自地拉過椅子滑過來，發出了強烈的抗議。

「別看我這樣好像很花心的樣子，我對女孩子是很好的好嗎，每一任女朋友我都是用心對待的，從來沒有同時腳踏兩條船過，就算分手也是好聚好散啊，這麼優良的好青年居然被你說成那樣，真是太過分了。」

「是是是。」跟我這個從來沒交過女朋友的傢伙說，你小子是在炫耀嗎？

放好包包，我賞了阿祥一發更大的白眼，而這時，阿祥展現出他越挫越勇的精神，無視了我的白眼跟低氣壓，一邊揉著還在發紅的鼻子一邊發起花痴。

「是說安慈啊，你妹真的很正耶，看在好朋友的面子上，幫忙牽線一下嘛？要不，多說點好話也成，這樣搞不好哪天你就成為我的大舅子了也不一定啊！你看，親上加親呢～」阿祥很沒神經的在那邊傻笑妄想，而我覺得我的眼神已經可以洞穿他無數次了。

看到這個充滿著威嚇的眼神，阿祥立刻腳下一蹬讓椅子往後滑出一大段，手上做出防衛動作，優先護住了自己的鼻梁。

「幹嘛啊這是，擺出這麼凶狠的眼神是想嚇唬誰啊？拜託，憑著我們哥倆的交情，你還怕我玩弄你妹的感情嗎？真是沒見過像你這麼保護妹妹的哥哥……」

誰在跟你保護妹妹，我是在保護我自己啊死變態！

握緊拳頭，我咬牙切齒地忍住即將二次爆發的怒氣，不行啊左安慈，反應要是太激烈的話會讓人覺得很奇怪的，就算再怎麼妹控的哥哥也不會有這麼大的反應啊對吧？尤其是我這邊在設定上還是剛久別重逢的兄妹，感情一下子就進展到有人要追妹妹然後哥哥就會抓狂的程度那也太詭異了，所以要淡定、要淡定啊！左安慈！

「總之，不准你打我妹妹的主意。」我惡狠狠地說，但是阿祥好像沒怎麼聽進去的樣子，讓我感到一陣強大的無力。

奇怪了，明明就只是變個髮型換個衣服然後再借個聲音而已，既沒化妝也沒在胸前塞東西，怎麼就沒有半個人看出這個偽裝？雖然說要是被人看穿的話那才是真正的麻煩大了，但是完全沒人發現有哪裡不對的這點讓我忍不住想：

我這到底是女裝扮相太成功還是做為一個男人太失敗？

無論答案是哪一個我都不會感到高興，所以這讓我更悶了，隨手收拾著桌面，我一邊打開電腦一邊看了眼貼在旁邊的行事曆，在看到行事曆上用紅筆圈起來的日期跟標注的紅字的時候，我先是一愣，接著一驚。

靠！期中考！

完蛋，我居然完全忘了這回事，而且上頭寫的一個個考試科目我怎麼看怎麼陌生，這讓我很緊張的拿出一本課本出來看，這一看，我就知道大事不妙，本來複習得差不多的課本現在看來卻像天書一樣的難懂，連旁邊自己手寫的筆記註解也一樣，它看得懂我，我看不懂它。

也就是說，在彼岸時光屋的洗禮下，我腦子裡有關課業的知識已經被洗得模模糊糊，只剩下最粗淺的印象還在，就我現在這狀況去考試，沒有被倒扣扣到負就不錯了，及格什麼的絕對是天方夜譚。

這一瞬間，老實說，我很想去撞牆。

電腦在這個時候完成了開機動作，我急忙點開之前製作的報告翻看，很好，也是有看沒有懂，這玩意真的是我打出來的嗎？瞪著電腦螢幕，我只覺得腦袋一片空白，然後緊接而來的是強大的危機感跟恐慌。

下禮拜就要考試了，要是沒有辦法在那之前把功課重新補回來的話，別說二一，我搞不好會直接被三二！

三二，這個可怕的詞只是在腦海輕輕閃過就足以令人渾身發冷，臉上不由自主地白了幾刷，額頭上也沁出了薄汗。

這時，阿祥拿著宵夜蹬著椅子又滑了過來，「對了安慈，我有幫你買鹽酥雞跟滷……嗚喔！你怎麼啦？不舒服嗎？臉色這麼難看？」他錯愕的將食物放下，一個探手就過來碰我的額頭，「哇靠，整個是涼的耶，你是血糖不夠還怎樣？啊！該不會是因為我剛剛的玩笑吧？安慈，我剛剛真的是說笑的，我不會隨便對你妹出手啦，你放輕鬆點！」

「不是在擔心那個，」有點沒力的把阿祥的手撥開，我現在很難跟阿祥解釋自己的狀況，畢竟才出了一趟門就說自己把期中考的內容通通忘光了，這種論調怎麼聽都很像在推脫逃避，「東西等涼了之後先幫我放冰箱吧，我要去自修室，回來再熱來吃。」

我一邊說，一邊繃著臉開始收書，火速收拾完畢之後也不管阿祥臉上的錯愕，我直接狂奔出門朝自修室的方向衝刺。

愣愣的拎著一袋子的食物，阿祥傻了三秒才反應過來，「這小子發什麼瘋啊？」他頗為莫名其妙地拿起竹籤開始插鹽酥雞來吃，嘴邊很不負責任的猜測著：「該不會是剛剛跟妹妹不歡而散了吧？嘖嘖，果然是個極品妹控，明天一定要去班上宣傳……」

這些話，已經衝出老遠的我當然沒有聽到，但為什麼我會知道呢？那是因為在跑出宿舍同時，紙妖把自己摺成紙飛機跟在我身邊，很愉快地在紙飛機上頭進行實況報導，當然，一張自己會飛的紙飛機在視覺上看起來實在太驚悚，所以我在第一時間就把那張紙給抓到了手中。

「就算你身上的字別人看不到，但你附上去的紙張別人還是看得到的啊！能不能謹慎點？我不想一天到晚的跟人說我在變魔術！」腳下快步行走著，我有點恨鐵不成鋼的低聲罵道。

『好的安慈公！小生馬上去研究可以隱形的紙張！』紙飛機上面顯示出一個完全劃錯重點的答案，我只能無言再無言。

學校的自修室是二十四小時開放的，距離宿舍不是很遠，用我這種快走的方式從宿舍過去的話大約只需要泡一杯泡麵的時間就行了，我在自修室門口放輕了腳步，把微喘的呼吸給調勻之後，才緩緩推門入內。

考前一禮拜，平常總是小貓兩三隻的自修室可說是迎來了它的人氣高峰，放眼望過去都是一個個埋頭苦讀的人頭，還有各種用書本背包保溫瓶占位的，一時之間還真找不到好位置，只好往裡頭去看看。

不求一人獨占一張大桌，附近有一兩個人我是無所謂，只要別整桌都坐滿的就好，整桌都滿人的話感覺很擠也不太自在，重點是我怕紙妖中途寫個什麼讓我忍不住暴走的東西，那樣的話明天我可就揚名立萬了。

邊邊角角的隱匿角落是不用想，那種好位置早就有人了，我只能往中間排那邊找，尋尋覓覓之下總算讓我找到個還可以接受的，當然還是有人，但六個坐位裡只坐了一男一女，男的正對著我，從書本上看來正在跟微積分奮戰，女生則背對著我坐著，不知為何，那背影看起來有些眼熟。

是誰呢？

不管了，找到位置就要趕快坐，不然被別人占走的話又要找半天了，想到這，我馬上輕手輕腳地往那張桌子走去，沒有緊鄰著人坐下，而是隔了一個空位才落坐，這大概是大多數人的習慣，當跟陌生人合桌時只要情況允許，都會特意保持距離地隔一個位置。

不過當我發現那個女生是誰的時候，我就開始痛恨這個習慣了，難怪我覺得那女生的背影這麼眼熟，每次大考小考我都坐在她後面，不眼熟才怪。

是班代。

我懊惱的坐了下來，對於自己居然錯過一個可以坐在班代隔壁的機會而惋惜不已，這時，班代跟那個不認識的男生抬眼往我這方向瞄，這又是另一個大多數人類會有的慣性了，會下意識地去注意靠近自己的人。

這一瞥完後，男的繼續低頭啃他的微積分，而班代則是一臉錯愕的看著我……的頭髮，用帶著困惑的神情抬起手比了比，無聲地發出了疑問：怎麼髮型又變了？

啊哈哈……

我無聲地乾笑了一下，對班代聳聳肩：一言難盡，我也是千百個不願意。

這樣的回答不知道班代有沒有看懂，只見班代看著我思索了幾番，接著對我點頭示意後就繼續看她的書去了。

絕對沒有人知道我現在的心情有多激動。

那個一直把我當隱形人視而不見的班代，現在看到我之後居然不是別過頭裝做沒看到，也不是直接收拾書包走人，而是主動關心我……的頭髮！這是何等大幅度的躍進啊！簡直是從青銅器時代直接跳到工業革命了啊！

情緒激盪，三二危機帶來的心煩意亂瞬間就被吹散，連紙妖偷偷寫在我筆記角落的「痴漢」兩字都無法磨滅我此刻的滿心愉悅，啊啊，果然人只要活著就會有好事發生呢，努力從那隻大蜈蚣的嘴下活過來實在是太好了，生命是多麼的美好！世界是如此的開闊啊！

懷抱著感恩的心，我燃起了前所未有的鬥志投入了溫習功課之中，哪怕是高三那年的聯考都沒能讓我如此的奮發，果然溫書除了需要壓力之外，更需要的是動力啊！不然就算溫了也不會熟，有看等於沒看。

在三二的危機壓力跟班代在隔壁的加持強大下，我飛快進入了狀態，精神高度集中，念書效率可說是前所未有的高，但很可惜的是，因為我忘掉了太多東西，所以即使是這麼高效率的念書狀態了，撿回來的進度還是十分危險。

剛開始我不以為意，畢竟這是複習又不是從頭學起，感覺應該不會花掉太多工夫才對，可是我很快就知道我太天真了。

中場休息時間，每念一個小時我就會稍微停下來休息個五到十分鐘，這樣可以避免腦子疲乏，讀書也是需要消化的，而現在則是我的第二次消化時間，也就是說，我已經念了兩個多小時了，但是成效嘛……

瞪著那可悲的複習進度，我心底苦笑不止。

就像竹筒倒豆子，倒的時候是挺快，但要一個個撿回來可就不容易了，哪怕你知道豆子掉在哪也一樣，不費點功夫跟時間是收不回來的。

這樣下去，就算僥倖逃過了三二，也避不開二一啊……

我在心底抱頭哀鳴，清楚意識到這個情況後，什麼鬥志啦動力啦決心啦就像漏氣的氣球一樣飛快地變得乾癟癟，我雖然不是那種會去逃避挑戰的人，但也不是明知不行卻還能義無反顧往下跳的傢伙，辦得到這種事的是阿祥，不是我。
而就在這個時候，我的眼角餘光瞄到一張便條紙緩緩地匍匐了過來，這個發現讓我有些惱火，紙妖這白目現在又在鬧哪樣？自修室裡，大庭廣眾下的，儘管大部分的人都在低頭看書不會去注意太多，但不怕一萬只怕萬一啊，要是被誰發現了怎麼辦？
抬頭，我心念一動就想開罵，可這頭一抬，我立刻愣住了。
因為那張便條紙的邊邊，壓著另一個人的手指頭，上頭的指甲修剪得十分乾淨整齊，此時正有些遲疑地推著那張紙條，並且在被我發現的下一秒迅速地收了回去。
我呆呆的看著班代那有些侷促的側臉，覺得這個世界玄幻了。
這個，難道是傳說中的打氣紙條？什麼時候我跟班代的交情到了可以傳紙條的程度了？還是她主動傳過來……這跨幅已經不是從青銅器飛躍到工業革命，而是直接從半穴居穿越到未來了啊！
老爸曾跟我說過，任何事情都要有個度，不然好事也會變壞事，驚喜也能變驚嚇，現在我完全理解了這話的意義，因為此時的我就有被嚇到的感覺，當然能收到班代遞過來的紙條我是很開心的啦，可就是覺得有哪裡不太對。
就算她在知道了紙妖、知道了我跟她一樣都「看得見」之後對我有所改觀，也不會一下子就把之前的態度通通推翻吧？
在這樣的心情下，我有些忐忑的接過那張便條，打開。

『子時都快過去啦安慈公，該就寢了，此處與花海之地不同，您需要休息的，熬夜對身體不好，會長痘痘喔。』上頭是紙妖的字，一看到這字跡，我下意識就噴出了疑問：

怎麼是你?!不應該是班代嗎？

『噢，一直都是小生啊，』紙妖很理所當然的回道：『因為安慈公有交代，溫書的時候不可以跑過來，所以只好拜託那位姑娘趁著您休息的時候將小生給推過來啦！您看，這樣就不是用跑的而是被推的！不算違反您的交代，小生是不是很聰明？』

看著紙妖的字，我突然覺得剛才在那邊一股腦地期待心跳兼驚嚇的自己像個笨蛋，不過紙妖這也算是關心我，怕我念書念太晚耽誤了正常作息，又怕自己飄過來會被我罵，所以才會去拜託班代……嗯？跑去拜託班代？

慢著！

你跑去騷擾人家？

緊緊捏著便條紙，我的身後湧現出把這張便條摺成超小型垃圾桶的氣勢。

『才才才不是騷擾呢！安慈公把小生看成什麼紙了？』紙妖很氣憤的替自己辯解，『我又沒有打擾她念書，只是趁她休息的時候跟她閒聊了幾句而已，那位姑娘還誇小生可愛呢，安慈公就從來沒誇人家可愛過……』紙上畫了一個大大的嘟嘴圖，Q版。

是啊是啊，你好可愛，可愛到我想把你撕上一百遍，你真是超可愛的呢。我冷冷地心道，然後在紙妖整張畏縮地捲起來的時候，做了一個很大膽的決定。

我撕下一小張空白筆記，寫下了幾句話之後，朝班代的方向推過去。

班代正在收拾東西，看起來是要結束今天的自修回宿舍去，在發現到我遞過去的紙條時，她收東西的動作停了下來，像是遲疑了一下，才將那張紙條接下，仔細看了起來。

我有些緊張。

雖然上頭只寫了：「對不起，給妳添麻煩了」這幾個字而已，但這畢竟是我第一次對班代做出傳紙條這種行為，為了掩飾我的緊張，我心不在焉的跟著收起東西，反正現在的確是時候該回宿舍了，再晚些回去的話我怕阿祥會忍不住把我那份宵夜給吃掉，那樣我就虧了。

然後我聽見班代輕輕的噗了一聲，如果不是因為這裡是自修室的關係，我想這聲「噗」的後面應該是頗為開懷的笑意。

再然後，那張便條紙被寫了什麼之後傳了回來。

心跳如雷動。

壓抑著滿腔澎湃，我有些手抖的接過那張回傳的便條：「一點也不麻煩，它很可愛，我很喜歡。」

很可愛、很喜歡。

看著這樣的詞語，我的心裡先是傻笑了一下，緊接著就浮現出一股小小希望，從這段話可以清楚知道，只要能讓班代可以知道對方的本性，進一步去了解的話，她是不會太過排斥妖怪的，那麼在這樣的想法基礎上延伸出去的話，是不是代表著我也有機會呢？
有夢最美，希望相隨。
這是紙妖在這個時刻竄出來的八個字，而我很難得的沒有要把它揉爛的意思。
在這之後，我跟班代幾乎是同時收完了各自的背包，在這樣的巧合之下，我非常幸運的得到了跟班代並肩離開自修室的機會，那一刻，我覺得自己的腳步都跟著飄飄然了。
我們一起走出了自修室，在這短短的路程裡，我的臉上應該充滿了愚蠢的傻笑。
「……對不起。」
就在我全身洋溢著幸福感的時候，身旁的班代突然來了這麼一句，讓我呆住的同時也有些心驚。
這是在道什麼歉？難道、難道我表現得太開心，班代以為我接下來會進行一種告開頭白結尾的心跳活動，所以趁著我還沒開口之前就先來這麼一句，免得到時候拒絕得太難看讓日後尷尬？
心思轉了這麼一圈，傻笑瞬間變成僵硬的苦笑。
不會這麼慘吧？出師未捷身先死也不是這樣的啊！
「那個，我不太懂妳的意思……為什麼突然道歉？」我小心翼翼的問道。
「以前的事情，是我先入為主了，你明明什麼都沒做，我卻一直那麼明顯的避著你……實在很抱歉……」她低著頭，語氣有些歉疚，「就像我自己並不想要這種眼睛一樣，你的特殊體質也不是你願意的。」

「啊？」還來不及開心，我就被班代說的話給矇住了，「特殊體質？」

「嗯，是那張紙跟我說的，它說你是很容易被『那邊』纏上的體質，因為被纏得太久了，所以給人的感覺會比較不一樣，」她說，因為一直低著頭的關係所以她並沒有發現我的臉色轉變有多精彩，「它還說，你之後會更容易被纏上，會非常辛苦什麼的……不是這樣嗎？」

說到這，她抬起頭來，視線飛快地瞥了我一眼。

我有點心虛。

沒想到自己身為半妖的事實就這樣被那張紙用「特殊體質」四字帶過，擔任青燈之後可能帶來的蹺課影響也被一併解釋了，雖然不能說錯，但也不能說對，這種講法總覺得有晃點人的嫌疑……悲哀的是我還不敢去糾正，反正……半妖嚴格說起來也算是一種特殊體質嘛，現在難得班代對我有些改觀了，我可不想在這個時候又自己去把這片和諧給破壞掉。

於是，我只能打哈哈的點頭，「是啊是啊，我的體質是有點特殊，至於以後更容易被纏上這點，嗯，我只能說我會盡力來上課，爭取成績不落下。」

「沒辦法擺脫嗎？比方說去找一些很有名望的廟？雖然現在神棍騙子很多，但真正的高人還是有的，」她很認真的說道，由於那對陰陽眼的關係，她也沒少接觸這方面的資訊，「我知道幾個地方，如果你需要的話，我也許可以幫你引薦一下。」

「……我想應該是沒辦法，」神來也沒用，因為那不是人家纏上來，而是我得找過去，不去的話就造孽了，「不過，還是謝謝妳的好意。」

「這樣啊……」她有些同情的又看了我一眼，想了一下後說道：「那在功課上，如果有不懂的地方，也許大家可以一起討論討論。」

咦？「可以嗎?!」

「當然，」她對著我露出了微笑，「都是同學，而且我是班代表呢，你的情況……放心吧，我會保密的，所以關於我的眼睛……我想那張奇妙的紙一定告訴過你了吧？可不可以也請你幫我保密呢？」

眼睛？是在說陰陽眼的事情吧，「沒問題，我誰都不會說的！」

「那這就是……我們之間的小祕密？」

「對對對，我們倆的祕密。」我點頭如搗蒜。

「謝謝，那，我要往這邊走了，你也快點回去吧，都這麼晚了，你這種體質到現在還留在外面，實在太危險了，以後要多加注意才行，那就這樣啦，明天見。」她有些擔心的叮嚀，然後對我揮手道別之後，朝女宿的方向離開。

「呵呵，明天見……」

我傻傻的對著她的背影揮手，有種被幸福砸暈的感覺，這種快樂的暈眩一直到我走回寢室了都還沒結束，紙妖在回寢室的這段路上似乎寫了些什麼，可惜我當下只顧著飄飄然，根本沒看清那些字在寫啥，只是下意識地將那張紙給抓在手上，然後就這麼進門了。

一進門，迎面而來的就是阿祥的吐槽。

「唉唷，發生什麼好事啦？居然笑得那麼噁心，看的我雞皮疙瘩都起來了，」他說，還做作的抬手在臂上搓啊搓的，彷彿真能讓他搓掉不少疙瘩一樣，然後他就好奇的走了過來，大剌剌地把我手上抓的紙抽過去，「這什麼？嗯……不麻煩，很可愛……很喜歡?!什麼東西啊？前面這段是你寫的吧？可後面這部分怎麼看起那麼像班代的字？」

他困惑的說著，而我還在神遊太虛，接著阿祥的視線就在那張便條跟我的臉上來來回回數次，表情也從困惑慢慢變得震驚，然後就是一聲驚雷平地起！

「我靠！這該不會是情書吧！」激動ＭＡＸ！阿祥直接跳到我面前，「天啊好小子你告白了嗎你真告白了嗎這表情該不會是你衝成功了吧欸欸欸快回神快回答啊傻在那幹啥呢！」砲珠般的話語連串轟出，在激動跟震驚的雙重加持下，阿祥完全省略了標點跟換氣這回事。

這也讓我整個人驚醒了，當下快手搶出，將那張紙條給撈了回來，「誰誰誰告白啊？誤會、這是誤會啦！」我有些焦急的辯解，開玩笑，不這麼說的話阿祥這個大嘴巴明天一定會去班上到處亂講，這樣我跟班代好不容易搭起來的小小橋梁絕對會直接垮得乾乾淨淨！

這才剛從隱形人升級成普通同學呢！要是一下又被拍回原形那我還不哭死！

「可那明明就是班代的字！」

「這個、我剛剛是在自修室遇到班代沒錯……」

「那你還說不是告白！」

「就真的不是啊！哪有人告白開頭第一句就說對不起的啊？這是、這是……」急中生智，我腦子一轉立刻扔出藉口，「我是在跟她問一些關於女生喜歡什麼的問題啦！那個，我不太懂我妹會喜歡什麼，所以才去問問看的，對！就是這樣！」

「真的？」他懷疑的看著我。

「真的。」我嚴肅的看著他，死命把骨子裡的心虛給藏在最深處。

「嘖，就知道沒戲，」他一臉恨鐵不成鋼的啐道，邊搖頭邊回去自己位置上，握著滑鼠將暫停的視頻繼續播放下去，「安慈，你應該學我多看一些片子，上面有些招雖然很老套，但是真的很好用！」

「不必了，謝謝。」一秒回絕，我收起了那呆傻的笑回到座位上，而當我看到手中那張紙條的時候，我才發現紙妖在上頭寫的字，這一看，我差點沒跳起來。

『安慈公，青燈大姐不見了。』

不見了?!

看到這個訊息，我立刻掏出打火機來看，上頭象徵著青燈的人物圖樣果然消失了，這讓我一陣心慌，連忙在心裡問過去：怎麼回事？她什麼時候不見的？

『不知道，從自修室出來之後就找不到青燈大姐了，』寫到這，紙妖稍微停頓了一下，『其實在自修室裡的時候，就沒有發現大姐的身影了，小生本來以為她只是回去休息，沒想到是不見了。』

這種事你怎麼不早說……不對！怎麼不早寫啊！

『小生寫了啊……是安慈公自己沒看到的……』委屈滿點，紙妖整張皺了起來，這讓我立刻將它驅逐出這張便條紙，至於原因嘛，這畢竟是班代第一次寫給我的字條，我想要好好保存起來做個紀念。

『見色忘友，非好漢。』被驅趕到衛生紙上的紙妖重新飄了過來，用大大的紅色字體表達它的憤怒哀怨加不滿，對此，我直接無視之。

因為現在還有更要緊的事情。

青燈到底跑哪去了？自從我答應接下燈杖之後，她可說是寸步不離的跟在我身邊的，那種緊跟的架勢，活像我只要沒在她視線裡就會丟下引渡一職跑掉一樣，而現在她居然自己不見了？這實在太反常，反常到我忍不住猜想她是不是出了什麼狀況還意外。

這個可能性讓我有些坐立難安，我先是將明天要交的那份報告打印出來，然後收拾下明天上課會用到的東西，接著跑去洗了個澡，可等我從浴室裡出來、把冰箱裡的宵夜熱來吃完了，青燈都還沒有消息，我有些坐立難安的又等了半個小時，終於，我等不下去了。

我要出去找人！不，找燈！

抓起外套，在確定阿祥這隻豬已經徹底睡死之後，我就抓著紙妖一起出去找了，畢竟最先發現青燈不見的是紙妖，而且一個人找太寂寞了，拉張紙作伴總比什麼都沒有好。

「欸，你最後看見青燈是什麼時候？」漫無目地的走在校園裡，反正四下無人，我就直接對著手上的紙張問了出來。

『小生最後感知到青燈大姐，是安慈公抱著一袋子的書衝出寢室的時候。』

什麼？「那之後她就不見了嗎？」

『不清楚，不過在自修室的時候確實沒有感覺到青燈大姐的氣息，』為了能讓我在暗處也看清楚，紙妖的字自帶了發光效果，看的我眼睛有點痛，而內容則是讓我的頭也跟著痛，『安慈公，青燈大姐會不會是去約會了啊？小生在彼岸之地感受到了非常濃厚的八卦氣息，安慈公，您覺得——』

——啪。

我直接將紙妖接下來的話拍死在我的雙掌中。

所謂八卦也是要看對象的，我承認我之前是對青燈跟牧花者之間那有些說不明道不清的關係頗感興趣，但是在成為牧花者的腦殘粉之後，這類妄想就立刻被我扔到外太空去了……嗯，好吧，也許沒有到外太空那麼遠，如果哪天真的有機會能稍微了解一下的話，我想我也是不會放過的，畢竟我也是有好奇心的嘛。

但不是現在！也絕不是躲在別人背後偷偷摸摸的說！

「老子向來走的是光明正大的路線。」真想知道的話，等我再跟牧花者混熟一點，並且確定青燈不會因為惱羞而一把火直接燒來之後，我就開門見山的問去！

『安慈公好膽色！』

「那是。」

『所以什麼時候要去問？』

「……先找青燈啦！」煩耶，沒聽出我剛那是拖延戰略嗎？真是不懂得氣氛，「你說青燈她會去哪？」

『小生不知……也許，是去尋新鮮的葡萄汁了？現榨的那種。』

這種可能性你敢寫我還不敢看。

我翻了翻白眼，繼續快步走在校園的路上，現在很晚了，雖然周遭有設立不少的路燈，但遠方還是一片黑漆漆的，讓人有種莫名的不安感，而且我們學校很小，再給點時間我想我很快就可以把整個校園給繞完，如果等我繞完了還沒找到青燈……

我的心底湧起了不安的感覺，腳下的步伐不自覺地加快，而就在我心裡的焦急達到一個高點，腳下幾乎已經開始小跑步的時候，我的胸前突然出現一團冰冷的氣息，這種感覺就像是有人惡作劇地往你的衣服裡塞一塊冰一樣，讓我驚得直接跳起來。

「怎麼回事？」我停下了小跑的步伐，彎下身子在衣服裡掏著，幸好附近沒人，不然以我這種怎麼看都像是神經病的樣子，要是被人誤會了什麼跑去醫院找警衛來抓人，那就糗大了。

當我確認了那塊「冰塊」是什麼的時候，我整個人愣了一下，「……玉珮？」

那個我以為是冰塊的東西居然是一直掛在我胸前的玉珮？這又是怎麼回事啊？從小到大我只知道這玉珮會發熱，現在居然反過來了？

我困惑的摸著那塊散發著凍人冷意的玉，然後，不久前在彼岸之地感受到的那種，跟青燈系出同源的感覺又出現了，那是種無法用言語解釋的親切感，而在這個感覺擴散出去之後，我覺得我好像知道青燈在哪裡了。

在操場。

我很肯定的往操場的方向看去，玉珮的冷意在這個時候消失，緊接著就像過去一樣地發熱起來，隨著這份熱度，那種很奇妙的好像能跟青燈產生連結的感覺又消失了。

……這個……難道這種溫度變化其實是某種開關？

我忍不住提著頸繩將玉珮整個拉出衣外，用探詢的視線仔細觀察那造型古樸的玉珮，可惜看來看去看不出個所以然，只好重新把玉貼身藏好，「不管了，反正只要知道這玩意對我無害就好。」

既然是代代相傳的東西，那肯定是有好處的，我相信老爸跟爺爺絕對不會害我。

「走吧，去青燈那邊。」撈起身邊的紙張，我轉身往操場的方向前進。

『喔？安慈公知道青燈大姐在哪了？』

「大概知道了。」

『安慈公英明！』『安慈公威武！』『安慈公風華絕——』

「前面兩張還可以，最後那張就不用了，」把第三張紙給拍飛，我揉了揉臉，「走吧，我們遠遠的看一下就好。」既然出來了，好歹看一眼再回去，至少圖個心安。

『好！』

知道了人在哪之後，我心裡的焦急徹底平息下來，有種鬆了一口氣的感覺，這時候的我完全沒有去思考為什麼青燈會刻意避著我自己跑出去，只想著早點找到人好安心地回宿舍睡覺去。

事後回想起這一切，才知道這時的我實在是衝動了，哪怕再擔心，也該相信青燈乖乖蹲著等她回來再作解釋的，可惜當時的我什麼都不知道，就這麼奔過去了。

操場不是很遠，不過因為那附近的路燈設置比較少的關係，現在看過去非常的黑，在這一片黑壓壓之中，懸浮在空中的燈火就變得相對顯眼了，雖然很低調的飄在邊邊，但我還是一下子就找到了。

果然在這。

看著那有些熟悉的燈火，我的心情可說是放鬆而且開心的，沒想太多，我立刻大步走過去，本來想要小小喊個聲叫一下人，但我才剛靠過去，就發現好像有哪裡不對。

燈火，有兩盞。

除了青燈之外，還有一個陌生的人影飄在那裡，那人戴著一頂很大很寬的紗帽，帽沿垂下來的紗將整個人都罩進去了，身上穿著古代女子會穿的衣服，手上則是跟青燈一樣有著長長的煙袖，這個，難道這位也是青燈？

另一個青燈？

腳下緩了緩，我有些疑惑的看著那兩朵燈火，之間的距離大概有十來公尺吧，不是很近，但也不是會讓人無法發現的距離，所以在我整個停下來的時候，那頂大紗帽突然轉了個向，我能感覺到在那紗罩之下，有個視線盯上了我。

被發現了。

『……誰？』清冷的聲音響起，雖然彼此之間有一段距離，但聲音卻確實地傳進了我的耳裡，不知為何，我總覺得我好像在哪裡聽過這樣的聲音。

「那個，我沒有什麼惡意，我只是出來找人的……」很老實的說明來意，現場似乎有種奇妙的低氣壓，讓我在說話的同時感到陣陣心驚。

青燈跟在那個罩紗女人的後面，表情又是一副從制式工廠端出來的標準青燈樣，不過這次她做得不是很到位，因為她的眼底有著很明顯的慌張，小嘴微張地似乎想對我說些什麼，卻礙於那個紗帽女人在所以沒敢開口。

『你……就是引起了青火傳承的那位妖者？』

妖者？

一般情況下好像不會這麼稱呼半妖吧？我有些疑惑，但是紗帽下的視線盯得我有點不自在，只好迅速點頭承認，「對，就是我。」

這傢伙該不會是特地來算帳的吧？拜託，我又不是自己想要瓜分這個天賦的，那個青火莫名其妙的就熄了又重燃，我也很無奈的好不好！

『哼嗯……真意外，有妖的感覺，卻完全沒有燈的氣息呢……』她懸浮在原地遠遠的看著我，罩紗後的目光充滿著探究的意味，雖然我看不太清楚她的臉，但是被這種視線盯著還是會有感覺的，這讓我很不自在，加上青燈那一臉越來越藏不住的驚慌，我就覺得更不自在了。

『吶……』在這有些凝重的注視下，那個戴著紗帽的女人開口了，『你是男孩？還是女孩呢？』

「啊？」話題怎麼會突然接到這？還有，這句話我怎麼有種在哪裡聽過的感覺，這種語氣跟聲調，越聽越熟悉啊……歪頭，我一邊思考著自己是在哪裡聽過這句話，一邊下意識地回答道：「我當然是男的啊。」

『男孩？』彷彿可以將空氣都冰凍一般，原本就顯得清冷的聲音在這一刻變得冰冷非常，周遭的氣氛頓時壓抑下來，『你是半妖？』

「呃……我是啊……」我縮了縮，看著那個散發出凜冽氣息的紗帽女，本能的往後退了幾步，「有什麼問題嗎？」

『如此，便留你不得。』

「啊？」對話急轉直下，我有些反應不過來，直接錯愕在當場，可對方沒有理會這個錯愕，肅殺的意味越來越濃厚。

『燈妖無半者，半者不為燈……』她冰冷地說著我聽不懂的話，那雙宛如水墨渲染的煙袖開始無風飄盪起來，『半妖殘燈乃吾輩之大禁忌，凡我燈妖一脈，見之必除之！』

她厲聲喝道，手中煙袖有如靈蛇般朝我飛射而來，伴隨著猛烈的妖火，還有充滿著冷意的殺機。

這攻擊來得實在太過突兀迅速，直到妖火臨近眼前，我都還不知道發生了什麼事，只能眼睜睜地看著那對煙袖颳起令人皮膚生疼的風，宛如死神的手。

「小慈啊……」

「如果遇到什麼奇怪的傢伙問你是男生還是女生的話，一定一定，不能說自己是男孩喔。」

「千萬，要記住喔。」

青燈・之四　殘燈

殘，亦做殂。
蘊含缺乏之血肉，俱凶相，常以棄處論。

火焰的熱度隨著風瞬間颳過而產生的疼痛席捲而來，在我還沒來得及反應之前就衝到了跟前，第一個回神過來的是紙妖，可惜現在的我身邊並沒有足夠的紙張供它使用，所以它再怎麼努力也只能在我身前布下一個簡陋的防禦紙陣。

單薄的紙陣當然沒辦法跟火焰與煙袖的連擊抗衡，所以幾乎是在接觸的第一秒，紙妖的防禦就整個敗退下來，倉促之間，它快速的在紙上還沒被燒到的部分顯了幾個字，像是怕我沒看到一樣，這三個字不但加倍加粗還儘可能的放大了：

「塊陶啊！」

你小子難道用的還是新注音輸入法？不要在這種危急的時刻搞笑好嗎？

看著那三個字，我心頭一陣無語，當然感動是有的，難為紙妖在這種時候還一心想著要我快跑，雖然三個字裡只有最後一個「啊」字沒寫錯，但至少能感受到它的關心跟緊張，而在這感動的同時我也是一陣莫名。

這是最近這段日子以來，我第三次遇到這種生死一線的狀況，第一次是從打火機裡燒出來的紅花鬼眼，第二次是在橋頭站踩到陷阱之後跟大蜈蚣的面對面，第三次就是現在了，只是前兩次我還知道那隻大蜈蚣是為了什麼在搞追殺，而現在這個我就真不懂了。

先是問了我的性別再來確定了我的半妖身分，緊接著就是不由分說地直接殺過來，連個解釋都沒有……老實說，這種站在生死崖邊卻還一頭霧水的感覺真是糟透了！

就在我以為自己就要這樣糊裡糊塗的交代在這邊時，猛烈燃燒的火光下，一個輕靈的身影飛躍而來，手中的燈杖在千鈞一髮之際橫在我身前，由火焰組成的護網瞬間張起，配合著紙妖的突然奮起，兩個合作硬是將攻擊給打了回去！

『前輩！手下留人！』

是青燈，她的臉上布滿憂慮、焦急等等一眼就能看出來的情緒，已經完全看不見任何平淡的模樣。

『妳護著他？明知他是半妖殘燈，妳還護著他？』因為沒有料到青燈會突然衝出來，也沒料到紙妖會藉機反擊，戴著紗帽的女人在錯愕之下被震飛了好幾步，頭上的帽子在這衝擊之下被打落在地，露出了她帶著薄怒與困惑的精緻容顏。

看著這張臉，我心裡湧起一股奇怪的感覺……怎麼說呢，總覺得自己好像在哪裡見過這女的，但是這麼漂亮的臉蛋，我要是看過的話應該會有很強烈的印象吧？怎麼會想不起是在哪裡見過呢？

是的，這個紗帽女人很漂亮，那是有別於青燈的另一種美，如果阿祥在現場的話大概會把她點評在大姐姐型，比較特別的地方是這個女人的額頭上有一根小角，那雙紅色的眼眸在黑夜中就像會燃燒的紅寶石一樣閃亮，簡而言之，也是個正咩，笑起來應該會更好看，可惜她現在正在發火。

看著在發火的紗帽女，我心裡那個悶啊……要說在場最困惑最有理由生氣火大的，應該是莫名其妙就被喊打喊殺的我吧？還有半妖怎樣了？半妖犯法嗎？我也不是自願生來當個半妖的，這種語氣說的好像我是什麼過街老鼠還路邊蟑螂，讓人聽了一肚子火，如果不是現在的狀況讓人不敢隨便開口，我可能就直接發飆了。

青燈就這樣擋在我跟那個紗帽女之間，由於距離很近的關係，我可以清楚地看到她握著燈杖的手在發抖，看來剛才的攔截對她來說並不輕鬆。

『前輩，安慈公並沒有做錯什麼……』

『錯誤？』拾起自己落在一邊的紗帽，女人冷冷的道，漆黑的長髮在夜風中飛揚，『他的存在本身就是一個錯誤，必須被修正。』

臥槽！

「妳給我等一下！」這個真的不能忍了，我大怒的上前跟青燈並肩而立，紙妖似乎也想表達些什麼，但是它被燒得七七八八的，到現在都還沒能把自己拼出一個能清楚顯字的面積，只能操控著殘餘不多的紙屑勉強在空中拼出一個井字表示同仇敵愾。

「妳什麼意思啊？莫名其妙衝上來就對人卜殺手，現在還在那裡抹煞我的存在價值，我是哪裡惹到妳了？」

『你並沒有惹到我，』女人看了我一眼，相對於青燈來說，她的遣詞用語很白話，這種說話方式配上那一身的古裝，讓我有些不太習慣，『我剛才已經說了，半妖燈者，凡我燈妖一脈，見之必除之，這是我族自古流傳下來的規矩，我只是遵循祖訓。』

啥？燈妖的規矩？還祖訓？

聽到這，我下意識就轉頭朝青燈看去，我是到了今天這樣被人指著針對之後才確定自己真的是混到了燈妖的血，之前雖然有在懷疑，但在跟老爸他們做確認之前，我自己是不敢妄加判斷的，可青燈……看這樣子，她應該早就知道了吧？

我還記得第一次見面時，她驚詫地看著我說「你是燈」時的表情，這是不是意味著，青燈她其實也動過想按照族規幹掉我好「除錯」的心思？但為什麼沒有行動呢？

一個讓人感覺很差的假設迅速成型，而從各方面來說，我都不願意承認這種假設。

「青燈？」

要推翻那個假設的最快方式就是去問當事人，所以我問了，但青燈只是不自在的避開了我的視線，神色帶著閃躲。

我心中的不安在擴大。

青燈低下頭，手中的燈杖握得更緊了，『前輩，安慈公同過去那些殘燈是不一樣的，而且、而且……』

「而且什麼？」我有些衝地問出口，不顧那個紗帽女投過來的訝異眼神，因為這句問話本來應該是由她來說的。

青燈的頭垂得更低了，可以感覺得出她很想迴避這個話題，但是在周遭視線的壓力下，她不說也不行，最後，只能用細若蚊蠅的聲音，輕輕地道出了答案：『一地不能無燈，所以安慈公……他必須留下。』

語出，那個紗帽女人的臉色一凜，而我則是整顆心冷了下去。

果然是這樣嗎？

「所以，妳是為了要讓我接下燈杖，才沒有對我做什麼？」我說，青燈先是一僵，然後閉上了眼，沒有任何反駁，也就是說這句話應該就是真相了，就算有一點偏，也八九不離十。

看著低頭不語的青燈，我的心裡突然有種荒謬可笑的感覺，本來我還一直對自己不小心瓜分了青燈的天賦感到愧疚的，但在知道這件事之後，也許我該做的不是愧疚，而是慶幸自己分到了這一半，不然左安慈這個人搞不好從那一天起就不存在了。

胸腔傳來悶悶的鈍痛感，我忍不住想起之前在彼岸說出「要是哪天你們不在我身邊了」這句話時，青燈那若有所思的表情。

那時的她，在想什麼？會不會想著等我不再是青燈了，就要按照那個祖訓來？不……她應該不會這樣的，但是我又不敢肯定她從沒那樣想過……

心思很混亂，我整個人亂糟糟的，突然有種不知道該相信什麼好的感覺，一時之間只能茫然地傻站在原地，好險現在是晚上，操場上也沒什麼光源，不然要是被人看到我像個迷路孩子似的站在這，不用說，肯定又是神經病那套。

在那個當下，我只顧著糾結自己是因為當了青燈才被人放過一條命的這件事，沒有去思考燈妖她們為什麼如此排斥燈中半妖，怎麼說也是流有相同血緣的族人，會排斥到見一個殺一個的地步也未免太不正常了。

其他妖者也有與人混血的例子，有的選擇接納有的則是無視，不管是哪一種，妖者對此大多採取不鼓勵卻也不反對的態度，可沒有像她們這般反應激烈。

這些疑問都是我後來才想到的，再次聲明，我目前還算是個正常的大學生，而一個普通學生在剛經歷完生死關頭、發現自己被蒙蔽了什麼等等……之後會出現片段的呆滯、無措等等犯傻的模樣是很正常的，絕對不是我反應遲鈍還怎地。

所以當時的我就只顧著凌亂去了，等我回神時，那個被青燈稱為前輩的女人已經將紗帽重新戴起，像一陣青煙似地飄到我們身前。

這讓我全身繃得死緊，下意識地退了好幾步，完美地演繹出「保持距離以策安全」的真諦，畢竟誰也不能保證那個紗帽女還想不想殺我，如果不想了那自然是皆大歡喜，可如果她還是堅持要遵守那什麼祖訓的話，就我剛才跟她的那個距離，一但發生了什麼那不管誰來都救不了我。

所以我退了，連帶地退出了青燈可以保護得到的範圍。

『安慈公……』發現我那活像是要劃出界線般的後退，青燈終於抬頭了，臉上是我從未見過的神情，帶著愧疚跟抱歉，還有著些許的受傷跟一絲說不清的焦急。

那樣的神情令人不忍，看著青燈那像是藏著什麼委屈的臉，我的心一軟，本來還要繼續後退的腳步就這樣停了下來，而在停下的同時，我不只一次的罵自己：爛好人。

心中的天秤左右拉扯得激烈。

一邊氣憤地嚷著說對方是刻意隱瞞內情誘騙他人做苦差，小人！

另一邊喊著這一切一定有什麼誤會，擅自揣測他人的想法是不對的，也許這另有隱情……

總之，不管最後事實真相是什麼，反正我先停下腳步了，俗話說的好：「凡事留一線，日後好相見」，要是現在就鬧得太僵，萬一之後發現是誤會了那就不好了，所以還是保留點好。

我心裡這麼想著，儘管知道這不過是在替自己的行為找理由，但我還是這麼做了，其實，很多人都會這樣，總是替一件事情添上許多裝飾性的藉口，只為了讓它看起來合情合理，好說服自己去執行它。

盯著自己的腳步，我輕輕嘆了一口氣。爛好人就爛好人吧，我認了。

雖然相處的日子並不長，但我很珍惜這份相遇，畢竟從小開始我的其中一個夢想就是要找到青燈，這樣的夢想一直到十來年後的現在才好不容易實現，可以說，我對青燈這個存在是有一些特別感情在的。

因著這份情感，儘管青燈可能對我動過殺機的這件事讓我很受傷，但是在釐清一切之前，我想，我還是願意站她後面……

……至少比直接跟紗帽女面對面要好。

就算這個紗帽女的聲音跟剛才因為帽子被打掉而露出來的容顏讓我覺得有點熟悉，我還是對她沒好感，我想，換做任何人都不會對一個差點幹掉自己的人有好感的，哪怕她再漂亮再眼熟也一樣。

青燈看見我不再繼續退去，小臉上浮出了一抹安心，也多出了一份堅定，接著就再次擋在紗帽女跟我之間，而我呢，除了一邊小心地保持距離，就是豎起耳朵注意這兩個燈妖的對話，至於那張紙……它很勉強地拼回四分之一張衛生紙大小後，彷彿感覺到現場氣氛不對，不但沒有耍白也沒有多寫什麼，還很難得的躲在我上衣口袋裡安靜了一把。

吾家有紙初長成，我拍了拍口袋表示欣慰跟讚許。

眼前，女人隱藏在罩紗後的臉不知道是什麼表情，也不知道她在盯著誰，未知的事物最為可怖，這頂簡單的紗帽不但營造出神祕感，也讓看的人感到了不少壓力。

『妳的顧慮，我明白了。』她對著青燈說，態度很平淡，沒了剛才那種喊打喊殺的氣勢，這讓我稍微鬆了一口氣，不過她的下一句話卻又把我的心給提了起來：『這事我先記著，為避免節外生枝，我姑且先幫著隱瞞，省得妳到時還得去應付那些得了風聲殺上門的族人。』

語出，我手一抖。

到底多大仇啊？我身上流的血就這麼能拉仇恨？

『但是……』女人拉長了語音，紗帽輕輕轉了個方向往我這邊頓了頓，很有打量探究的意為，這讓我本來已經懸得老高的心在這狀況下迅速飆升，儼然有突破天際的趨勢，『一盞殘燈，扛得起青燈的職責嗎？』

殘你個咪的，我皺著眉頭用力瞪著那頂紗帽，半妖就半妖，一定要在前面貼個殘字嗎？我可是好手好腳的站在這，誰在跟你殘……

『沒問題的，奴家已經同安慈公順利引渡了一位妖仙，也見證了安慈公令掠道者伏誅的能力，所以，不會有問題的。』低眉順目，青燈頗為技巧性地將獵殺掠道者一事說得像是我獨力完成的樣子，事實上，只要知道當時情況的人都知道這裡頭參雜了多少水分。

如果不是當時彼岸的地理環境、牧花者的琴音協助加上爺爺不知怎麼蹦出來的提示，是我把掠道者搞定還是掠道者把我搞定……這可真不好說。

聽著青燈這明顯在維護我的說法，我的心裡也算是好過了一點。

『喔？掠道者？』聽著青燈的說詞，紗帽女的聲音有些驚訝跟疑惑，『妳沒有出手相助嗎？』

『沒有，奴家只是在一旁觀看而已。』青燈搖頭，這也是實話，她當時的確什麼都沒做，出手幫忙做了什麼的那一位是牧花者。

紗帽女沉默了一陣，像是在思考什麼，藏在罩紗下的視線似乎一直在我跟青燈之間來回，過了許久，她才發出了一聲長嘆，『既然如此，那麼我就不便繼續干預了，在燈杖遴選出下一位青燈之前，請好自為之，如果遇到最糟糕的狀況，至少得把燈杖給護下來。』

這話一出，我額頭上滿是黑線，可青燈卻是非常認可的點頭：『這是自然，請前輩寬心。』她說，那神情儼然就是一副人在杖在、人不在杖也要在的樣子……

……有沒有燈妖都把那根燈杖看得比性命更重要的八卦？

就在我一臉不以為然的時候，那頂紗帽再次往我的方向轉過來，劈頭就道：『我還沒有完全信任你，違背祖訓並非是我的本意，這點還希望你不要忘記。』她這麼說，語氣冷淡中透著嚴厲，跟剛才對青燈說話時的口吻完全不同。

泥人都有三分火氣，何況我是真人，不過眼下的情況我也不知道該說什麼回嗆她，嗆人是個技術活，要怎麼樣把人嗆得七竅生煙卻又不會真的暴怒出手那可是高難度的境界，我目前還辦不到這種事，所以只能用最大的努力狠狠瞪了她一眼，再把頭往旁邊一甩，大大的「哼」完一聲了事。

這是有些意氣用事兼孩子氣的舉動了，後來回想起這一幕的時候還覺得挺幼稚的，紗帽女對於我這種明顯帶著挑釁氣息的動作沒有特別反應，這就有點像你不會因為一隻螞蟻對你比中指而感到生氣一樣，且不提螞蟻有沒有中指這種東西，反正紗帽女給我的感覺就像這樣，根本徹底無視我了。

當然，不能排除對方是因為修養好所以不跟我計較，但在對她沒什麼好感的情況下，我才不會把「修養好」這三個字套在她身上，在見識過真正好修養的人後，我現在對於這個形容詞的標準可是大大提高了，不是隨便哪個人都能被我說修養好的。

在看到我這種明顯不甩她的態度後，紗帽女沒有多說什麼，只是帽子轉了回去看向青燈，『我這次趕過來，是有個訊息要告訴妳，原本只是想過來稍微提醒一下而已，但現在看來……總之，既然妳說了他沒問題，那麼這件事情，就當作是我的一次測試吧，妳所維護的這盞殘燈到底行不行，我會用自己的眼睛去看。』

『奴家省得，』不知不覺間，青燈又回復到先前那種淡漠清冷的樣子，『勞煩前輩親自前來，想來是頗為要緊之事？』

『說大不大，說小不小，』紗帽女搖搖頭，語氣透出了一絲憂慮，『陸地那一邊，有帶著魔氣的妖者正往這邊趕來，我曾遠遠望到一眼，那模樣似犬非犬，也可能是狐狼之輩……應當是被妖仙散道而吸引過來的。』

『魔？』青燈的身體僵硬了一下，而我的耳朵豎得更直了。

『不是，只是帶著魔氣而已，可能是入魔的妖者尚未淨化完全，也可能是一腳已經踏入魔道的妖，如果是前者的話，那麼大約是想借助尚未消散的仙氣繼續對己身淨化，也許會引起一些小騷動，但總體來說麻煩不大，可如果是後者的話……』

紗帽女沒有繼續說下去，周遭的氣氛頓時凝重起來，而我的手忍不住抖了抖，頭皮一陣發麻。

不是吧，魔？

才剛搞定一個掠道者，現在又蹦出一個魔？噢不，依照紗帽女的說法，那還只是半個，不過就算只有一半也夠我喝上好幾壺的了，那可是「魔」耶！跟掠道者完全不是同一層面的東西，小時候爺爺幾乎都只說妖道的事情，很少有提到魔，但只要他提到，都是一臉的凝重跟擔憂。

我還記得爺爺的告誡。

『小慈啊，』當年的爺爺將一臉懵懂的我抱到他的膝上，比了比案上那一幅未完的水墨：『你看，這是什麼？』

『嗯……花紋？』小小的我皺著眉，看著紙上那由各種線條組成的紋樣，不是很明白爺爺要我看什麼，但是紙上的花樣很漂亮，雖然只是個半成品，卻有種能把人吸進去的魅力。

『呵呵，差不多，這是一種圖騰，一般都是紫色來的，如果哪天你看見有人身上帶著類似這樣的花紋，記得有多遠跑多遠，花紋模樣越漂亮、顏色越深的就越要跑，知道嗎？』

『為什麼？』我更不明白了，『明明這麼好看的，為什麼要跑呢？』

『因為那是魔，』爺爺說，拿了毛筆將紙上畫了一半的圖騰信手抹去，『這種花紋就是入魔的象徵，墮入魔道者，無論在之前是什麼，是人也好、鬼也好、妖也好、仙也好……入魔之後通通都是瘋子，不過各自瘋的方向不一樣而已。』

爺爺一邊說一邊將案上的紙揉掉，扔進一旁的紙簍，『對付那些大奸大惡之輩，你口才好點的說不定還能過去談判，可這些瘋子……縱然有三寸不爛之舌，依舊無話可談，所以千萬記住，魔者，能不遇上那是最好，要是不幸遇上了……能逃就逃，逃不掉就躲，』說到這，爺爺拍了拍我的胸口，那裡頭掛著玉珮，『只要躲好了，他們找不到的。』

『喔……』我懵懂的點頭，目光直直地盯著紙簍看，雖然剛才只看了一眼，但是那個只畫了一半卻依舊美麗的圖騰已經深深印進我的腦海，在那之後我恍神了很久，一直到不知道喝下了什麼東西才回神。

一回神，眼前是端著小碗的爺爺，只見他乾笑地拍著腦袋：『唉唷，果然不該讓小孩子看那個的……險些鬧魔怔了……』

『魔怔是什麼？』

『就是被鬼抓走啦。』隨便拋了一個很敷衍的答案，爺爺說。

我有些不明所以，嘴巴裡有苦苦的味道，嚐著這份苦澀，剛才那種一心想往紙簍看去的衝動就這樣沒了。

這就是我對於「魔」的第一份記憶，首先是很美，再來是要逃。

回憶結束。

我頭大的想著爺爺告訴過我的交代，再想著剛才兩燈妖的對話，從那對話內容聽起來，這個不請自來的傢伙似乎也歸青燈管，也就是說，我又被強迫中獎了，不但沒辦法依照爺爺的教誨有多遠跑多遠，還得主動迎過去好監視對方，當下真是各種淚流滿面。

如此高的中獎率，我是不是該去簽個樂透還什麼的……

腦子放空，我神遊太虛地逃避現實去，耳邊，紗帽女很仔細的在跟青燈交代一些事情，雖然聲線稍嫌平淡，但是可以聽得出裡頭蘊含的關懷，整個就是一副好師長的樣子，完全當得起青燈喊的「前輩」二字。

如果單看她對青燈的態度，那麼這女人毫無疑問可以放在好人那一邊。

我站在一旁胡思亂想著，就在這個時候，紗帽女的叮囑也告一段落，拿出了一個小籃子讓青燈接著之後，她看也沒看我這一眼，腳下雲霧再起，看來是要離開了。

『那麼，我該走了。』她說，本來只是一句再正常普通不過的告別詞，卻讓我的腦袋一陣轟鳴作響。

——爺，您該走了。

埋藏在內心深處的記憶突然浮現，記憶裡的聲音跟女人剛才說話的聲音重疊，同樣的聲音，同樣的語調，甚至，同樣的臉孔！我終於想起自己究竟是在什麼時候見過她了！是在小時候——爺爺被帶走的那個時候——這個紗帽女是那個時候的青燈！

查覺到這一點，我震驚無比的看著那個紗帽女，可能是因為視線太過強烈的關係，她有些不解的望過來。

『看什麼？』語氣不善，雖然看不到她實際的表情，但這語氣聽起來可以知道那罩紗下的容顏肯定是很不快的。

看來，她不喜歡別人這樣盯著她看，其實從她頭上那頂大得有些誇張的紗帽來看就能知道這一點，如果不是討厭別人盯著自己瞧的話，那沒事幹嘛弄個遮頭蓋臉的東西頂在頭上？想到這，我立刻將視線調到地上，假裝很認真地研究起操場的草皮，順便掩飾我的驚駭。

回憶逐漸清晰，對，就是這個女人，這個聲音、容貌還有額頭上那隻特別的小角，是她帶走了爺爺，所以，她也是青燈？可是現在的她雖然還是有點面癱，聲音也頗有那種冷然的味道，不過語氣裡的關懷假不了，一個正常的「青燈」可不會有這種情緒。

我很快就否定了紗帽女也是「青燈」的這個猜測，腦子一轉，想到了青燈對她的稱呼，她叫她前輩，也就是說……這女人是上一代的「青燈」？

嗯，應該是這樣沒錯了，我暗自點頭，抬眼又偷偷看了那個紗帽女一眼，心中頓時感到一陣五味雜陳。

因為一直到現在這個時候，我才發現到自己原來找錯人……不，是找錯燈了，那位自幼起心心念念想要找的青燈是眼前這個紗帽女，而不是我身邊這個總是過於認真的青燈，仔細想想，在彼岸的時候牧花者似乎也有提過爺爺是被青燈的上一代給領走的，而青燈也明確地表示了她對爺爺沒有印象，可我怎麼就那麼遲鈍地完全沒反應過來呢？

難道我的反射弧比阿祥還長？不不不，我堅決否認這樣的假設，猛力在心底搖頭，因為沉浸在自己思緒裡的關係，我沒注意到那個紗帽女若有所思的望著我好一陣子後才翩然離去，還是紙妖從我口袋裡飛出來拍了我幾下，我才回過神。

一回神，眼前就是青燈跪伏在地的畫面，就如同初次見面時，她低聲請求著我跟她一起執杖掌燈的時候一樣，這讓我整個大驚。

「妳、妳幹嘛？」迅速往旁邊跳開，避掉青燈行禮的正前方，我心裡一陣無措。

『實在萬分抱歉，一直以來都沒同安慈公說過關於祖訓一事，還請——』

「——等等等，」我急忙攔住了她接下來要說的話，因為根據青燈認真的性子，要是不把這事情從頭到尾解釋一遍她是不會心安的，「這裡不是說話的好地方，我們先回宿……算了，別在宿舍，」把阿祥吵醒就不好了，「我們到別的地方再說吧。」

『是，是奴家思慮不周，又令安慈公困擾了……』她的聲音頗為低落的說，活像是個被惡婆婆欺凌的小媳婦一樣，看著實在很我見猶憐……

……不對，誰是惡婆婆了囧？

我一秒將那詭異的形容詞打散，「小事情而已，妳不要想得太嚴重了。」我這麼安慰道，走過去將人拉起來，腦中思考了幾個可以靜下來說事情的地點，結果挑來選去，最適合的居然是鏡世界跟彼岸。

沒辦法，現在時間太晚了，要跟青燈談事情的話一般二十四小時的店也不適合，大半夜裡，一個人點兩杯咖啡坐在那裡自言自語什麼的實在太詭異了，我做不到。

以時間上來說，我是很想去彼岸的，因為那裡的時間過得很慢，再怎麼慢慢談都沒關係，可是……答應要給牧花者的茶點我還沒買，現在這個時間也買不到什麼好貨，實在不好意思空著手過去，最後只能選擇去娃娃的鏡空間了。

當然，去娃娃那邊也是不能空手的，所以我去小七幫娃娃買了些零食餅乾，替自己買了個御飯糰跟飲料，再替青燈買了罐葡萄C，結帳的時候紙妖在發票上憤慨地寫著為什麼只有它沒有？對此，我一概無視之。

拿著這麼一堆食物自然是不方便再從廁所大鏡子過去了，所以我是回宿舍之後從衣櫃的穿衣鏡過去的，娃娃對於我這麼快就去而復返感到有些驚訝，不過還是表示了歡迎，在知道我們過來的目的後，還很貼心地弄了一個亭子出來，讓我們能坐下來慢慢聊。

在擺好亭子之後，娃娃拿著我給她的零食開開心心地離開了，紙妖……我以「萬一娃娃不會開零食包怎麼辦？」這種爛理由把它打發過去作陪，不是我不想讓它聽，而是討論正經事的時候要是留著這貨在旁邊亂，怕是談到天亮都有可能。

而事後證明我的決定非常正確，因為除了談話順利進行之外，娃娃她還真的不會開餅乾……

在確定紙妖已經跟娃娃離開之後，我跟青燈來到娃娃準備好的亭子裡入坐，隨手將食物袋子放上桌，替青燈將葡萄C插好吸管遞過去之後，我也打開了自己的飲料。

「所以，那個祖訓是怎麼回事？」一開口，就是問我最在意的東西，青燈的手在這時縮了一下，幸好飲料是擺在桌上的，要是她拿在手上的話，現在可能已經翻倒了。

『祖訓……』她低下頭，神色黯了許多，『那是從很久以前流傳下來的戒律，但凡燈者都必須遵守，其中與安慈公有關的訓誡您已經知道了，吾輩是不允許出現半者的，燈中的半者被稱為殘燈，凡我燈妖一脈，見之，必殺之。』

我的嘴角抽了抽。

雖然已經聽紗帽女說過一次，但那跟青燈口中說出來的感覺完全不一樣，我大力灌了幾口冷飲，試著讓自己冷靜，這一靜，很多想法就湧了上來。

「為什麼？就算是半妖，好歹骨子裡流著一半相同的血，是半個族人了，」說殺就殺的，這會不會太過分？「而且據我所知，一般的半妖跟同源的妖道就算沒有很親密的往來，至少也是各過各的井水不犯河水，為什麼妳們這麼……與眾不同？」

聽到我的質問，青燈靜靜地抬起頭，先是深深地看了我一眼後才道：『奴家以為，安慈公是最能明白箇中緣由的……』

「啊？」我明白？我什麼時候明白了？對於青燈的話，我表示一頭霧水。

看著完全沒反應過來的我，青燈拿出了燈杖，將那根看上去是木頭但實際上不知道是用什麼材料製成的杖輕輕橫放在桌上。

『一切都是為了燈火，』她說，除去了先前的憂慮與黯然，取而代之的是嚴肅而認真的神情，『青燈的人選是由燈杖來決定的，吾輩無法干涉燈杖的選擇，而舉凡持有燈妖血脈者，都在燈杖的遴選範圍內，但是……』

她面有難色的看著我。

『青火，乃是燈杖自身持有的火焰，只有被燈杖選中的燈者才能將其引出使用，此種火焰必須依靠燈妖自身的血脈去點燃、去操控，半妖之軀雖然也能引火，但其殘缺的血脈根本無法維持住青火的消耗……這一點，安慈公應當有所體會才是。』

聽到這，我愣愣的點了頭，而青燈繼續往下說。

『許久以前，不知道是多久，吾輩也是與燈中半妖和平相處的，燈者不喜爭鬥，靜靜地在原處護守才是吾輩的特質，但，在第一個半妖被燈杖選為青燈之後，一切都不一樣了……』青燈悲傷的皺起眉頭。

『半妖燈者那有所缺損的力量幾乎無法完成青燈的任務，無論是引領青火還是掃除掠道，那都遠遠地超出了殘燈的能力，更別提要處理魂屍了，在無法順利操控青火的情況下，那位半妖的手下不知誕出了多少魂屍……』

我張大了嘴巴，完全不知道之前半妖被選為青燈時居然還發生過這樣的災難，魂屍，那些等到了青燈，以為自己可以順利結束這一生渡過燈橋前往歸處的妖者，在發現來引渡的青燈根本無法讓它們過橋時，該有多絕望？

可是，「那位半妖青燈，難道沒有尋求其他燈妖的幫助嗎？或者，就像妳我這樣……不也是可以引渡的很順利？」

青燈搖搖頭，『燈杖的制約，無淚者根本不會想到那些，而奴家同安慈公乃是特例，儘管引發了青火傳承，但奴家不知為何仍持有一半的資格，所以還能幫得上安慈公，但那位半妖燈者，是取得了完整天賦的，沒人能幫得了他……』

『待到後來發現時，那位半妖青燈所待的區域，幾乎已經被魂屍們給掏空了，大地的能量被啃食殆盡，遍地寸草不生，最終化為了滾滾黃沙，』青燈的眸子裡滿溢著哀傷，不知是在可憐那些魂屍，還是在感嘆那片被耗盡一切的大地，『那位半妖很快就被找到，並且……處決……』

語出，我忍不住摸了摸自己的脖子，背脊有些發涼。

『那把燈杖的青火就此熄滅，再也沒有燃起，青燈永遠地少了一支，而在那之後，便規定卸了杖的青燈必須對自己的下一任負責，同時，燈妖一脈開始進行肅清……此後，燈中無半者，半者不為燈。』

說完這些，青燈沉默了，而我也跟著沉默了。

事實，往往比想像中的還要殘酷。

青燈・之五　夢寐

現、昔、古、今

以上皆非者　可謂夢

在那段有些沉悶得過分的話題後，我先是默默喝了一陣子的飲料，然後就拆了剛買的御飯糰來吃，彷彿嘴裡嚼著什麼就能比較安心一樣，青燈也很沉默，遞給她的那罐葡萄C她一直沒碰，只是低著頭，不知道在想什麼。

現在的我，已經完全知道燈妖們要剷除半妖的原因，雖然我覺得這種做法有點太偏激，但不得不說，這真的是避免燈杖再選到半妖當青燈的最徹底的做法，半妖青燈所引發的後果實在太慘烈，要是再來一次的，不但燈妖承受不起，這個世間也承受不起。

當初，究竟是哪個地方因此變成沙漠呢？

還有，如果我不是只分走了一半的天賦，那麼，我是不是也會成為這種悲劇的創造者？又或者是……

將嘴裡的東西吃完，我草草收拾了下桌面，有些艱難地問道：「如果，我那天不是只分走妳一半的天賦，那、那妳是不是要把我帶回去……處決？」雖然到現在還問這種假設性的問題好像有點小家子氣，但我就是很在意。

讓我有些意外的是，青燈搖頭了。

『若安慈公真的取走了完整的天賦，那麼，也是殺不得的。』

嗯？「為什麼？妳剛說的那個半妖青燈不就是被處決了嗎？」怎麼現在換個人又不殺了？雖然我對於被處決沒興趣，但是這種差一點就發生在自己頭上的事情，我還是弄清楚一點比較好，不然人家沒想要對我怎樣，我卻老想著他們要殺我啥的，這種活像被害妄想症患者的角色我可不想當。
青燈摸了摸橫放在桌上的燈杖。
『尋常青燈若是不幸在觸發青火傳承之前意外身死，那麼，燈杖會自動收回青燈的資格，並且尋覓下一位繼任者，但……半妖青燈卻不成。』
一邊用慎重的態度摸著燈杖，她一邊說道：『方才奴家也說過，處決了那位半妖之後，那隻燈杖便不再有青火燃起，本以為只是尚未尋到繼任者的緣故，可後來才明白，那燈杖是隨著半妖的死去而「死」了，無法再次引燃青火的杖燈，與毀壞無異。』
壞了？
我愣了愣，「怎麼會壞呢？不是說燈杖會自動收回資格的嗎？」沒道理正牌青燈的能收回，不太正牌的卻收不回來吧？
『原因至今依然不明，』青燈很遺憾地再次搖搖頭，『據聞，當年族中的長老們也為此苦惱許久，最終也只得了幾個假設。』
假設啊……也就是那些老頭討論半天沒結果，最後只能瞎猜的意思。
我暗自腹誹著，當然這種話一定都是爛在肚子裡，我再大膽也不會當著青燈的面說，就算她現在對我心存愧疚，可這話說出來我肯定又要迎來一連串有關敬老尊賢的教育指導了，不可質疑青燈婆婆的認真古板，識時務的就懂得避其鋒芒。
『長老們認為，既然點燃青火需要依靠血脈，那麼引火的資格可能也是需要依賴血脈引動的，半妖自身的不完整，或許也令他們無法掌控完整的資格，導致燈杖在收回資格時取回的也是不完整的，既是不完整的，那麼無法再次引發青火傳承也是理所當然了。』

整段話說下來充滿了各種不確定，讓我聽了有些無言，不過感覺這個論點還真像那麼一回事，雖然有把全部的責任通通推給半妖的嫌疑，但不可否認的是這種說法頗具說服力。

「那、萬一要是再有同樣的情況該怎辦？又要廢掉一把燈杖？」這燈杖對燈妖們來說一定是很珍貴很重要的東西，擴大點來說，它其實對全部的妖怪都很重要，因為沒了它就沒有青燈，沒有青燈的話那壽命走到終點的妖怪們該怎辦？

等著變魂屍然後又搞出一大片沙漠嗎？

想到這，我難掩憂慮地看著桌上那把杖，我是個半妖，而且的確無法靠自己掌控青火，燒是燒得起來啦，但是要讓它這樣那樣就很難了，所以說……「這根杖，雖然它現在還能用，感覺功能也正常的樣子，但是……我卸任之後，它會不會壞啊？還能燃起青火嗎？」

『這……應當……可能……也許還會是好的吧……』青燈再次給出了充滿各種不確定性的詞，『關於安慈公的問題，當年長老們也這麼猜測過，若是能讓半妖手中的燈杖尋得下一位繼任者觸發青火傳承的話，那麼，依靠繼任者的力量，說不定就能保住燈杖不讓它廢掉，而現下奴家與安慈公共同掌燈，安慈公所持有的部分想來並沒有超過半妖的能力範圍，只要待到下一位繼任者出現，連同奴家身上的部分，應當是可以完整地將資格歸還……』

她緩慢地說完這些，在看到我一臉寫著「怎麼都是用猜的」的表情後，她臉上有些掛不住，難得的有些結巴起來，『實、實在對不住，沒能給予安慈公切確的答案，可、可這畢竟事關重大，族裡根本沒敢真的拿燈杖去做驗證，也只能這麼猜了……』

我有些頭痛的揉了揉太陽穴，腦子很快地整理著剛剛聽到的情報。

一、燈妖為了確保不會再有燈杖選上半妖當青燈，所以才對半妖燈者這麼不待見——可惜悲劇的是即使這麼雷厲風行了也還是沒能避免，因為我的一時手賤瓜分了人家的天賦跟資格，現在不但人是半妖燈是半盞，連本來好好的青燈也被我拖下了水。

二、一個半妖青燈就算拿到了完整的資格也沒辦法完整地使用，這就好像一個最高只支援到2G記憶體的系統你卻塞了8G給它，它撐死也用不了那麼多，多出來的部分只能浪費，或是等看看有沒有能跑得動8G的傢伙來接手……

……這樣的形容方式還真是意外的搭調，所以我就是那個只能跑2G的傢伙嗎？感覺真是不舒服啊，但是機體不如人這是天生的，我就算再不舒服也沒辦法……

『安慈公……』就在我還在一旁鬱悶的時候，8G的開口了，『有件事情，奴家一定要趁這個機會跟您坦白，並且希望您能原諒……』

啊喔。
聽到她這麼說，我知道接下來的對話內容肯定是我不想聽的，但是不聽的話又沒辦法替今天的事做個了斷，所以縱然百般不願，我還是點頭：「妳說吧。」
在我點頭之後，青燈拿出了一個使用燈妖字體做記錄的隨身小本本，翻開了其中一頁……
……
…………
不是吧？妳事先打過草稿的嗎？什麼時候打的？
無言地看著青燈翻看那頁疑似道歉還說明文的草稿，我再次對她的認真程度感到一陣心驚，同時，先前心底產生的一些怨懟跟不滿的情緒，也因此徹底消退得乾乾淨淨，青燈這個舉動讓我知道她其實有想過要告訴我這些，只是找不到時機或是不知道怎麼開口罷了。
於是我得以平靜地面對接下來這不是很討喜的對話內容。
『在最初，奴家剛被您分走資格的那個時候，奴家對您真的是沒有其他想法的……』捧著小本本，她的目光毫不避諱地直視著我，企圖傳達自己的真誠。
在一開始的時候，她真的沒有想過什麼祖訓不祖訓的，除了當下的情況不允許之外，也因為那時候的她做為青燈的意識要遠大於身為燈妖的意志，她只來得及以青燈的角度去思考這一切，而燈妖的部分則被她暫時下放了。

一直到渡完了洛神妖仙，領受到了妖仙散道的餽贈後，做為一盞燈妖的部分才逐漸醒覺，想起了自己身為燈妖必須遵從的祖訓，那一刻，她是猶豫的，這份猶豫反應在最開始那緩慢到猶如龜爬的車速上。

被遴選中的半妖青燈殺不得，但是眼下這位只分走了一半，嚴格說來並沒有達到一盞青燈的標準，所以……這是該殺還是不該殺？

她十分猶豫與困惑，不過這樣的困惑很快就被她壓下，因為她從之後的對話裡感覺到了對方的心意，直白而熾熱，當時那直視著她的目光就有如燈火一般。

他說，他會記住呢……

記住他所遇上的每一個妖，待到生命終結為止，會記住他們每一個，在聽到那句保證的時候，她只覺得心底升起一份許久不曾感受到的喜樂，當時的她，是不是有好好地露出與之相稱的表情呢？

她不知道，只知道這是一個非常好的人，這樣的人不該死在那個祖訓下，雖說半妖青燈會引發這樣那樣的慘劇，但那是因為他們沒辦法得到其他燈者的幫助，可安慈不同，他有自己的協助跟配合，那些悲劇怎麼也是能夠避免的吧？

看，他們不是好好地引渡了妖仙了嗎？所以沒問題的。

她這麼告訴自己，然後，迎來了掠道者的襲擊，過去能以青火從容取下的掠道者如今卻給他們造成了巨大了威嚇，這讓她深切地體會到半妖青燈能力不足的事實，但，她也明白安慈真的是拚盡全力了，他做到了一個半妖能夠做到得最好的地步。

本來，在確定安慈的能力的確不足以應付掠道者的時候，身為一個燈妖，她應該要撒手不理放任其自生自滅，等待半妖身死之後再試著取回青燈資格的，但她沒這麼做，一定、一定還有其他辦法的，就如同安慈自己跳出來為了大家奮力一搏般，做為回應，她也想保護他。

所以她搖起了鈴簪，呼喚了牧花者的前來，本只是稍行緩兵之計，沒想到卻在彼岸得到了意外的驚喜。

在她看見安慈使用符術將掠道者擊敗的時候，心情是非常激動的，同時也鬆了一口氣，並且再次僥倖了起來，如果能繼續這般下去，或許，自己就可以不必說明有關祖訓的事情了，結果，就一直拖到了現在。

『實在很抱歉，奴家只是、只是害怕失去安慈公的信任，先前才一直沒敢跟您明說，但請相信，奴家雖然有想過那個祖訓，卻從來沒有要付諸行動的念頭……』

「嗯，我知道，」聽著青燈有些急切地澄清，我笑了，「沒事啦，剛開始的確挺介意的，不過現在說開了就好，我知道妳沒那個意思，是說……剛剛那個女的眼睛還真利，」為了緩解氣氛，我話鋒一轉扯開了話題，「明明是那麼遠的距離，當時又這麼暗，她眼前甚至罩著一層黑紗呢，居然一下就看出我是半妖了。」

我記得當初青燈還是湊上來……嗯，聞了幾把之後才判定我是半妖的，結果紗帽女就這麼一眼就瞧出來了，果然是道行不一樣嗎？

聽到我這麼說，青燈用一臉奇怪的表情看著我，『安慈公，您不知道嗎？』

「知道什麼？」我愣。

『但凡燈妖，皆為女子呀，』她很理所當然的說道，『燈妖裡頭，只有半妖才會呈現出男性的模樣，所以若是確定了安慈公為燈，那麼要看出您是否為半妖，是很簡單的。』

轟。

這是我在聽完青燈這番話之後，腦袋被炸得亂哄哄的聲音。

我覺得自己好像把什麼給串起來了。

有關燈妖的祖訓還有燈妖只有女孩子的事情……家裡的那些先祖先輩們，難道一開始就知道了？他們知道自己燈中半妖的身分會惹來殺機，為了掩人耳目，就把每個男孩子都當成女孩養大，藉此避過燈妖的耳目。

所以才要我男扮女裝一穿十多年，這下我總算知道原因了，原來是怕人……不，是怕妖來追殺。

還有這塊玉，這肯定是什麼能掩飾氣息的寶貝吧？小時候爺爺對我交代的口氣也是，一副篤定了我不會有女兒的模樣，追問為啥不會有的時候還敷衍我說什麼傳子不傳女的……現在可知道真相了，我根本不會有女兒的，傳子不傳女這話就是個噱頭。

摸著胸前這塊一出生就掛上的玉，我再次體認到它的價值。

想當年，即便是牧花者都沒能看出我其實是孫子而不是孫女，剛才直接跟那個紗帽女面對面的時候也沒讓對方瞧出我的性別來，這玉當真不簡單，可這一切卻在最後敗在我的口中！

想到這，我真想把時光倒流回去然後把自己的嘴巴縫死。

爺爺明明交代過的，如果有怪傢伙來問我的性別的話，一定不能說自己是男的，現在想來，這所謂的怪傢伙應該就是在說燈妖吧？可我居然、居然那麼順口地說溜了嘴……

抱頭，我直接趴在桌上哀嗚。

『安慈公？您怎麼了？不舒服麼？』

「沒事，沒什麼……」我只是在自我厭惡而已，想到自己壞了祖先一直流傳下來的布局，當下真是想撞牆的心都有了，「那個，妳那個前輩，真的會保密吧？」

想起紗帽女一開始喊殺的氣勢，我整個不安起來，這可不只關係到我一個人，還關係到我老爸甚至是我未來那個還不確定會不會有的兒子，無論如何都要謹慎。

『會的，燈妖不說謊。』

「那會一直保密下去嗎？」

『？』青燈歪了歪頭，『奴家不明白安慈公的意思。』

我有些心慌地補充，「就是，即使等到燈杖選出了下一任青燈之後，她也還會保密的吧？還是說……她打算等我不是青燈了以後就繼續執行那什麼祖訓，放消息出去借刀殺人之類的……」我忍不住說出了最糟糕的可能。

『不會的！』青燈大力的搖著頭，有些激動地站起身來，『順利行使青燈職責並且功成身退者都是身懷大功德的，謀害這樣的功德者會遭受天譴，前輩不會那麼做的！』

「是嗎？」我稍稍鬆了口氣，「那就好……」

『不過……』

「不過什麼？」青燈大大麻煩妳一次說完啊！

『若是安慈公有了子嗣，還請務必藏好……那個，因為奴家自己沒有立場在這方面說事，所以只能先給您提醒……』青燈支支吾吾的說，神情有著尷尬與為難，『屆時，還請連奴家也不要告訴，謹慎為先。』

居然已經擔心到這個地方去了嗎？我微微失笑，不過不可否認的是，青燈說的有道理，「我知道了，如果真的有那個時候……嗯，也許，我會抱著娃娃來找娃娃，所以想見面的話也不是不行的。」說著有些像繞口令的話，我知道青燈能懂。

果然，這話一出口，青燈只是呆了一呆，隨即對我傾身施禮，『多謝安慈公的信任。』

這事就先這樣揭過了，但是還有另一件事情在等著我。

那個「魔」。

因為不想讓娃娃那邊知道這件事，我跟青燈還是繼續坐在亭子這邊說話，我一邊咬著吸管，一邊愁容滿面的問起細節。

「那個紗帽女……」

『紗帽女？』

「啊、不…不是……我是說妳那位前輩，」糟糕，一個不注意就直接把自己貼上去的綽號說出來了，「呃，那位前輩怎麼稱呼？」

『未經過前輩的同意，恕奴家無法告知您前輩的名。』妖者對名字是很注重的，所以對於我的問題青燈一秒就投出了十分官方的制式回答。

「不是啦，也沒有要知道名字的意思，只是……我也跟著妳稱呼她前輩好像有點怪吧？」本來，如果不是這種認識法的話那麼讓我喊她幾聲前輩也沒關係啦，可在差點被她殺掉之後，我對於尊稱她前輩是有點牴觸的。

說來有些遺憾，要是跟她之間的見面能再和諧一點的話，我說不定會很開心的去問她還記不記得爺爺的事，但現在……這種不切實際的念頭老早就被我掐滅在苗床中，想來是再也不會冒頭了。

『……若安慈公堅持的話，前輩喜著黑衣，或許，您可以引此為稱？』

叫黑衣服嗎？

腦子裡瞬間跳出來的是這個念頭，而這個念頭在下一秒就被我拍出腦外，真是的，都是紙妖那個二貨害的，害我現在的思維模式也跟著往二二大路邁進，得趕快糾正回來才行。

「那，我就喊她黑姑娘吧，」本來想要說黑姐的，可是這種有點像某某地區組頭的稱呼方式讓我有點不敢恭維，加上對方那一身古代的穿著，我想叫她黑姑娘還是比較適合的，「黑姑娘有說那個沾著魔氣的妖什麼時候過來嗎？」

我在聽到「魔」之後有一段時間整個沉浸在過往回憶裡，所以漏聽了一部分重要情報，得快點從青燈這邊補回來才行。

『這……對方如果想要趕在仙氣消散之前抵達的話，那麼現在應該已經在路上，不日便會抵達。』

聞言，我的臉一黑。

這也就是說我珍貴的假期泡湯了，還有一個很嚴重的問題就是，我的期中考很可能也會跟著泡湯……「是說，我一定得過去嗎？」我好想哭，「如果只是要監視的話，那本人不一定要在吧？」

『那得視對方的意圖而定，』青燈將桌上的燈杖收了起來，『若對方只是希望能夠進一步地淨化，那麼只要做到不讓其餘妖者感到恐慌的程度即可，可若不是……那就必須將其驅逐出境，不能讓那廝汙了妖仙的一番心意。』她說得是振振有詞，我聽得是黯然無語，真黯然、真銷魂，突然好想吃叉燒飯啊……

先不提我的期中考跟那些落下的功課，現在的對手可不是之前應付的那個在牧花者眼中很「孱弱」的掠道者，而是沾了魔氣的妖啊！或許可以稱之為妖魔？算了，管它怎麼稱呼呢，反正那是半隻腳踩在瘋子邊緣的傢伙，我那一手兩光的符道真的應付得來嗎？

在跟青燈交流了一陣有關魔道的訊息還有可能會遇上的麻煩後，我的臉色先是白再來是青後來則變得鐵青，然後再一次，我在無比哀傷的情緒下於心底大聲吶喊了：我需要時間……

「雖然很不好意思，但這次看來……我又得跟牧花者借地方了……」垮著肩，我對青燈這麼說，青燈第一反應是要反對，但是想到整體的利害關係跟我實際上根本還沒準備好的事實，她也只能點頭。

『明白了，奴家會領您前去彼岸的，安慈公預計何時前往呢？』

「……明天吧。」至少得把那些茶點什麼的買好，還有，我得整理一下考試要看的書，就算我很有可能會因為這個勞什子妖魔鬼怪的傢伙而缺考，但這世界上還有一種東西叫做補考不是嗎？只要弄個合情合理的事由，想辦法讓老師讓我參加補考就好。

討論就到這邊結束。

我跟青燈一起離開了亭子過去找娃娃跟紙妖，那兩個小的正在下跳棋，基於禮貌，我等到他們這盤下完了才過去搭話。

「娃娃，不好意思啊，老是這樣借妳的地方……」

『不會不會！能幫得上忙娃娃很高興，』她靦腆地笑著，伸手拿起一旁的餅乾，『這個，甜甜的脆脆的，非常好吃，謝謝安慈公。』

「喜歡的話我下次再帶來，」我笑著說，本來想摸摸她的頭的，可後來想到之前的拿衣服事件，我這手最後還是沒敢伸出去，「對了，關於學琴的事，我這陣子可能沒有時間，能跟妳改約其他日子嗎？等我一有空馬上就跟妳說！」

『是可以……安慈公遇上什麼大事了麼？』

「……嗯啊，算是大事吧。」有妖魔渡海而來外加期中考，絕對是雙重的大事了。

『那，如果有需要用到娃娃的地方，還請儘管說，』娃娃很認真地看著我，『安慈公幫助宓姬奶奶實現了願望，娃娃不知道該怎麼感謝才好，所以，若是有能夠幫上忙的地方，那便再好不過了。』

聞言，我心裡有著濃烈的暖。

妖道就是這樣，單純、直爽，你對他好，那麼他也會對你好。

「我知道了，那到時候就麻煩妳了。」

『嗯！』

然後我們離開了鏡空間，從衣櫃的穿衣鏡回到了宿舍。

我用力的呼出一口氣，彷彿這樣可以將我體內的那些疲憊給呼出體外一樣，青燈有些擔憂的看了過來，至於紙妖……鏡世界裡的紙張是虛幻的，帶不出來的，所以它一出穿衣鏡就變回了本來那破破爛爛的四分之一張衛生紙，現在急急忙忙跑去找新紙張去了。

『安慈公，您還好嗎？』

「還好，只是有點累，」有太多事情需要消化，太多事情等著我去做，身體是不累，但精神卻有些不濟了，「好好睡一覺應該就沒事了，噢對，青燈，我有件很嚴肅的事情要跟妳說。」

『是的，安慈公請說。』

「不要再叫紙妖那二貨偷窺我的心聲了，」這事憋了許久，我總算逮到時機說出口了，「我要真有什麼問題，會直接告訴妳的，好嗎？」

『……非常抱歉……奴家只是有些擔心……』青燈有些難為情地低下頭，聲音變得很小很輕，『請放心，以後不會了。』

聽見青燈的回應，我這下總算是了卻一樁心事，心情稍稍鬆懈了一下，倦意很快就如潮水般湧來，我揉揉眼睛打了個哈欠，走進浴室刷牙洗臉完畢後，爬上了我心愛的床。

唉，事情真的好多啊，但我現在累了，一切等明天再說吧，睡覺皇帝大，管它什麼魔道還期中考的，都得養足了精神才好去應對不是？

所以我閉上了眼，美美的睡下。

這個晚上，我作了一個很奇怪的夢，關於一個白袍道士追求仙途的夢，整個場景都透著一股網路修真小說的味道，那名道士的身邊跟著一隻白色的狐狸，一人一狐感情很好的樣子，一開始狐狸還很小，可隨著夢的前進，那隻小狐狸慢慢地長成了大狐狸，眼眸流轉中帶著靈性，顯然已經跟一般的狐狸不一樣了。

我好奇地看著這個夢，莫名地，對於這一人一狐間的情誼，我的心底升起了一股羨慕，因為這份羨慕的心情，我忍不住靠得更近，想將他們看得更清楚。

就在這時，那位白袍道士突然轉過身來，對我微微一笑。

幾乎是瞬間，我醒了，被嚇醒的。

「……阿祥？」我整個人被嚇到直接從床上坐起，回憶著夢中道士的臉，我忍不住念出這個名字，理由我想大家應該都猜到了，對，夢裡的那個道士，長得跟阿祥一模一樣，硬要說有哪裡不同的話，就是那個道士的年紀要再稍微大一點點，給人感覺也比較穩重，不過看上去就是阿祥的樣子沒錯。

我心底有些驚疑不定，正在想著這個夢到底是怎麼回事的時候，一旁傳來了聲音。

「早啊安慈，哈啊……」邊打著哈欠，阿祥揉著眼睛從床上坐起來，睡眼惺忪的看著我，「現在幾點了？」

「現在喔，」我隨手撈起枕頭旁的鬧鐘，「八點半。」今天三、四節才有課，現在這時間醒來是有點早了，所以在聽到我報完時間之後，阿祥的第一反應就是重新倒回去。

「啊啊……還早還早，我再瞇一下，」他咕噥的說道，然後像是想起什麼似的笑了起來，「對了安慈，我剛有夢到你耶。」

驚。

聽到這話，我的心跳突地快了好幾拍，這麼巧？我該說其實我剛才也有夢到你嗎？有鑑於這話說起來有些詭異，所以我很快就放棄了這個說詞，「是喔，該不會是夢到我幫你做報告吧？」

「才不是……」聲音有些含糊，阿祥翻了個身然後自顧自的笑了起來，「這夢有點意思，我夢到我穿著一身很怪的衣服，活像是從哪本小說裡蹦出來的人一樣，身邊還跟了隻狗，跟你說，那狗好漂亮的啊，看起來應該是狐狸犬，白白軟軟的，看了就想抱起來揉……」

他躺在床上說著，也幸虧他是躺著的，不然我現在寫在臉上的震驚跟恐慌肯定要被發現了，壓住這份驚，我試著用平穩的聲音探問，「喔，然後呢？」

「然後啊……嗯，我跟那隻狗好像要上山吧，也不知道是哪座山，超高的，那山路根本看不到頭，就這樣走啊走啊的，走到一半的時候，我突然覺得身後有視線，就回頭啦，」說到這，他又笑了一下，「這一回頭，我就看到你了，知道嗎？你的表情超奇怪的，跟活見鬼一樣，害我直接笑出來……」

他笑道，但我現在可笑不出來。

這下可真的見鬼了。

「還、還有然後嗎？」我問。

「沒啦，看完你那個臉之後我就醒了，真的很好笑，」他又翻了個身，聲音漸漸小下去，「不知道現在睡下去還能不能夢到剛才那個夢……說真的，那條狗真的很漂亮啊……我還沒見過那麼漂亮的狗……剛才夢裡居然沒有把牠抱起來摸上幾把，真是虧大了……」

那不是狗，是狐狸。

在心底替那隻狐狸平反，我看著重新睡下的阿祥，心頭沉甸甸的不知道是什麼滋味。巧合？不，我不相信會有巧到這麼弔詭的事，只能說有什麼事情發生了，當然也有可能是「即將發生」，至於會發生在阿祥身上還是我身上，那場夢是他影響了我還是我牽連了他，一切都是未可知。

這下，還真的是什麼事情都撞在一起了，期中考也好，那個魔道也好，現在這個怪夢也好……有必要這麼默契滿滿地一起過來嗎？感情這麼好，你們怎麼不乾脆手牽手算了。

想到這，我鬱悶的倒回床上，一時之間真的好想把自己整個埋進被子裡，啥都不要管了。

到底哪來那麼多事啊？

我嘟囔著抱怨，隨手再調整了下鬧鐘，蒙上被子很逃避現實地睡起了回籠覺。

而在這短暫的回籠覺裡，我又夢到了那隻狐狸，不過這次只有牠，沒有阿祥了。

海風之上，一隻隱藏在陰影下的狐狸影子定定地盯著我。

「你是誰？來這裡要做什麼？」

我聽到我這麼問，然後看見狐狸咧開嘴，笑了。

『終於，找到你啦……』

狐狸這麼說，而後沉進了陰影中。

卷三 墨殤引　完

青燈・番外之一

〈那些年、一抹笑〉

紅色花海。

萬年如一日的風景、琴聲與歌聲，身著玄色長袍的牧花者落坐其中，柔緞般的長髮在身後披散，戴著銀白面具的臉上只有純粹的淡漠，點點螢白的光隨著他手下的曲、口中的歌擴散出去，一點一點地沾染到紅花上，然後一點一點地被那些紅花給忽略，而後頹然墜地。

萬點螢光散，難得一花沾。

這也許是世間最吃力不討好的活計，彈琴的人雖能一如既往地堅持上百年、千年甚至萬年亦或萬萬年，但，他手下的琴具卻沒辦法陪他走到那麼遠，即便是有著再高深的修為，再好的底蘊，也禁不住如此長時間的配合與消耗。

嘣……

這不，那琴在一個顫音過後，終於承受不住地崩斷了一根弦，它努力過了，為了能夠再多陪這個讓所有妖者都肅然起敬的人一會兒，它努力奏到了現在，努力撐完了這最後一曲，而在曲終的最後一個音韻散去後，它實在是撐不住了。

「……終於到這時候了？」赤染長嘆了一聲，輕撫著那已經快被渡曲耗到什麼也不剩的琴，這琴跟他合作不知有幾個年頭了，跟過去一同合作的琴妖們不同，這琴，性子特別倔，要是他不這樣去逼迫的話，也許還會硬撐下去，撐到真的耗盡一切才罷休。

很久以前也曾有類似的情況，不過那次是為了鎮壓一個悲痛過度差點墮入魔道的妖者，情勢已經迫在眉睫，這才逼得當時跟隨他的琴妖直接奏斷了七根心弦，當場陷入沉眠之中，而現在這張琴……

「孤早已說過，若是支持不住，同孤知會一聲便是，毋須如此勉強自己的。」赤染不捨的查看那根崩斷的弦，那根弦可不是他搭上去的那些髮弦，這種弦在一般狀況下是看不到的，一根根都是象徵著琴妖自身生命氣息有如心脈般的存在，如今斷了一根，琴妖的氣息自然是明顯地削減了一截。

嗡嗡嗡……

琴聲傳來愧疚與抱歉的情緒，還有一些自責，感應到這些，赤染只是溫暖地笑了。

「什麼傻話，你做得很好……該道歉的是孤，還請你原諒孤方才的那一曲。」若不是他的逼迫，琴妖也不至於崩斷一心，對此，琴妖表示了理解。

因為它瞭解自己。

它就是太倔了，牧花者是為了它好才會做出這種無奈之舉，過去那位奏斷了七弦的同伴一直讓牧花者耿耿於懷，在那之後他就十分注意與自己配合的琴妖的狀況，是它自己一直遮掩著那逐日累積的疲累，一直硬扛著想在牧花者手下多待一些時刻，這才……

心弦奏斷乃是大事，若是逼不得已的情況下才斷的，也只能說時也命也，真遇上了只能打落牙齒和血吞，認了，但像它這般隱忍、耗損至斷弦的……那就只能說是愚昧了。

於是微弱的琴聲再次響起，輕輕地訴說著只有少數人才能聽得懂的音律，牧花者聆聽著這樣的聲音，嘴角掛著彷彿永遠都不會消失的笑，溫柔地將古琴捧了起來。

「孤說過了，你毋須道歉，接下來就好些休養生息吧，其他的都別管，紫竹軒是個好地方，你會喜歡的。」

修長的身影在花海中移動著，怒放的紅花在他腳邊咆哮著掙扎著想抓住什麼，但頂多只能勾勾他那曳地的長髮，再多就辦不到了。

赤染用著散步的步伐緩緩移動著，像是在巡視又像是單純的隨處走走，一邊走，嘴邊一邊輕輕地哼著有別於以往的調子，不是渡曲，比較像是有催眠作用的搖籃曲，在這樣的曲調作用下，當赤染來到那間紫竹屋時，他手中小心捧著的琴已經沉沉地睡去了。

推門入內，他將手中的琴好好地掛在牆上，與其他幾個還在沉睡的夥伴一起，穩穩地在壁上休眠。

「之後就在孤的渡曲下，好好地療養一番吧……」銀白色的面具下，赤染的雙眸充滿著感情，這壁上的每一張琴都陪著他渡過了一段漫長的時光，他記得每一張琴的性情跟習慣，而讓它們在這裡休息，就算是赤染本人的一個心意與回饋。

琴妖的各種行為幾乎都脫不開「彈奏」這個動作，從攻擊防禦到修行養傷，甚至連交流都必須依靠琴音，這琴音，可以別人幫著彈也可以自己彈，與其它琴音起共鳴也行，所以赤染將這些倦極而睡去的琴掛在這裡，主要就是讓它們在沉睡的狀態下，也能仰賴他的琴聲進行被動的共鳴彈奏以供自我回復，運氣好點的，甚至能在這份潛移默化下得到昇華。

雖然這樣的恢復比起琴妖們自己彈奏要來得慢上許多，但聊勝於無。

「待得醒來之時，或去或留，孤都絕不攔阻……」伸手摩挲著琴身，赤染低喃道，接著把其他的琴也好好審視一番確定都沒有什麼問題之後，他才離開了竹屋。

現在的他有很多事要做，其中當務之急的，就是得去尋找下一位願意與他配合的琴，思及此，即便是他也不住苦笑一番。

「不知現世是什麼時候了……這琴，可別讓孤難找啊……」而且，在離開彼岸之前還需要稍做布置，儘管他長期駐守於此地一事乃是眾所皆知，可也說不得有什麼卑鄙無恥之徒會掐準這個時候過來做些什麼，或者偷些什麼。

幽水下的那些原材料也就罷了，但這罪妖的業、白花的悟省跟月泉的淨化鎮定之能……不管哪一樣擺出去都是不得了的東西，至少放在某些特定人士眼裡，很不得了，因此這偷竊遇襲之類的破事在彼岸並不是沒有前例，真的有些不長眼的傢伙那麼幹了。

雖然他一直守著，但彼岸這麼大，他再怎麼樣也就一個人，所以還真的給人得手過，印象中，當時的他似乎是很難得的發了一次大脾氣，要說暴怒也不為過了，不過……那個時候的他都做了些什麼去了？

牧花者歪了歪頭，仔細的思索了一下後才撈出一些記憶片段。

嗯，當時他好像是把月泉跟彼岸用紫竹屋給隔了開來，多少起到一些保護作用，是了，月泉原本與彼岸是位在同一處的，在這之前也沒有什麼紫竹屋，就是因為出了這種事，後來才特意建了屋然後把月泉給單獨挪去了那個特定的空間，至於對那些偷兒的處分……

……

………

很好，想不起來了。

時間帶走他太多東西，加上這又不是什麼令人快樂的事情，他會選擇性的忘記也是很理所當然的。

搖頭，赤染決定不要再去想這些，先開始著手外出的準備比較實在，渡曲的部分可以藉由釋放部分月泉的力量稍作取代，只要他不要離開太久應當是沒問題的，而那些針對居心不良者而設置的防備……

就在赤染還在思考著該怎麼處理會比較好時，在彼岸這永遠陰晦的天邊，一道螺旋交叉的歪曲引起了他的注意，這種感覺……有人要從其他空間跨道過來？但這種拉扯通道的方式是否過於粗糙了？簡直就是小孩子在過家家，單憑這一手程度就可以知道來者絕對不是青燈之流。

若不是青燈，那會是誰？是誰會在這種時刻過來？還正好卡在他準備布下防範外出之際，當真是怎麼想怎麼可疑。

不過，會有這麼蠢的賊嗎？

嘴角掛著與平常並無二致的微笑，牧花者仰頭看著天邊不遠處的那個歪斜，有道是來者是客，且不論這個客是來做什麼的，可既然來了，那他就接下了。

裂縫的拉扯很不穩定，扯了半天還沒扯出個名堂來，完全顯示出這企圖跨道過來的人技巧之「高深」有多麼令人望塵莫及，一個跨道能弄成這樣也是需要天分的。

應該，不是賊。

看著那「高深」無比的空間歪曲手法，赤染默默在心裡下了判斷，同時決定在來人成功過來之後，要好好規勸一番，讓對方在熟練這種跨道技巧之前不要再輕易嘗試這類術法，免得哪天把自己卡在中間或是飛到了哪個莫名其妙的地方……那可就不妙了。

就在赤染思考著該如何表達才比較委婉的時候，天邊那個扯來扯去的歪斜終於被撬開了，這一路扯下來的結果，讓通道的開口處已經離地面不到兩米高，這也挺險的，畢竟要是再那麼拉扯下去，這出口很可能就會落到地底，這樣對面那位開道人可就別想過來了。

最先掉下來的是一個用大方巾紮起來的包裹，再來是水壺，再來是……呃……棉被？對，真的是棉被，而且是可以蓋上兩三個人的那種大冬被，被單是碎花小圓點的樣式，如果不是赤染退得快，這棉被差點就直接蓋到他頭上。

他頗為愕然地看著那個歪斜口漸漸擴大，然後一堆亂七八糟的東西繼續往彼岸這邊掉下來，一樣接一樣的，從那流水般的氣勢看來，那堆東西一時半刻還掉不完。

為了避免被那堆東西砸到，赤染又退了一步，順便把下方的那些花給移到別的地方去，不然被砸出更多怨氣那就不好了。

最後，一個揹著包包的人摔了下來，附帶幾聲慘叫。

「啊啊啊啊啊！」聲音中氣十足，聽起來是個少年，在掉下來的時候身手頗為矯健地跳向了另一邊，不然要是直接落在先前掉下來的那堆亂七八糟上的話，可能不死也重傷。

「唉唷喂，總算是過來了……」從地上爬起來，少年拍了拍身上的一襲唐衫，一邊看著四周一邊拿起手中的符紙嘟囔起來，綁成高馬尾的長髮在腦後甩啊甩，「奇怪，這是哪？難道我失敗了？不可能啊，失敗了哪有可能還站在這——嚇啊！」

一個轉身，少年發現了立在不遠處的赤染，他先是嚇了一大跳，而在他仔細地將赤染從頭到腳給看過一遍後，他覺得很不妙。

服裝、造型、氣質加上這裡的景色，這個……他掉到另一個空間了？搔搔頭，少年走了過去，禮貌性地維持好一段距離後，有些緊張的問道：「呃，你聽得懂我說的話嗎？」語言通不通啊？

「能懂，閣下要問什麼嗎？」赤染溫和地笑著，既然來人不是賊，那麼就算是客人了，雖然不知道這位客人是來做什麼的，但彼岸之地難得有客人前來，如果有能幫忙的地方，那麼幫一把也無妨。

而且這少年很特別，居然是個半妖呢，長期駐守在彼岸之地，他幾乎沒什麼機會見到半妖，沒想到今天就讓他開了眼界。

赤染的話一出口，那少年就愣住了。

「……哇喔，你的聲音真好聽，這是什麼語言啊？完全聽不懂……不對，我知道你在說什麼，但也聽不懂你在說什麼……哈哈，真是太神奇了！離家出走是對的！耶！」少年的臉像是挖到寶似的閃亮了起來，笑容燦爛而耀眼，雙手用力握拳後齊齊伸向天空，比出一個大大的V字來。

赤染捕捉到少年的最後一句話。

「離家出走？」赤染的目光朝一旁堆成小山樣的雜物堆看去，原來如此，所以才會連同那些東西一起掉下來，不過，「以離家出走而言，閣下帶的東西還真不少。」

少年僵硬了一下，雙手尷尬的放下來。

「那、那是意外啦，其實本來只有一個大包裹跟水壺的……」少年說，然後像是為了證明自己說的話一般，他飛快地跑到那個小山樣的雜物堆裡將傳說中的大包裹還有水壺給挖了出來，「喏，就是這兩個。」

是最先掉下來的兩樣東西，看來少年並沒有說謊。

「那這些……」赤染指著那座雜物山，沒有繼續說下去。

「這些是被波及的啦……哈哈哈……」少年不好意思的乾笑道，將手裡的符揚起來晃一晃，「就這個，我本來以為這玩意的範圍只限定在我身邊的，沒想到它包含了我大半個房間……所以……」

所以才會連棉被書桌床頭櫃等等東西都一起掉下來。

「原來如此，」聞言，赤染笑著搖頭，原來這只是一個逃家的少年搞出來的烏龍，但是，「怎麼會到這裡來的？」他可不覺得彼岸之地會是個適合離家出走的地點。

「不知道。」

「不知道？」對於少年理直氣壯的答案，赤染覺得自己的思考有些跟不上，他先是愣了三秒之後才回想起少年方才的自言自語，其中有提到關於失敗的字眼，「明白了，那張符本來的目的地不是這裡。」語氣很肯定。

語出，少年咧出一個大大的笑。

「跟聰明人說話就是舒服，」他開心的說，接著就腆著臉湊了上去，「那個，打個商量好不好？」

「但說無妨。」

「我能在你這叨擾一陣子嗎？我看這邊地方挺大的，多一個我應該不成問題吧？」

「是無所謂，但此處——」怨氣頗重，只怕閣下會有不適之感。

赤染本來要這麼說的，可後半句話還沒說出來就被少年搶接下去了。

「——太好啦！你真是個好人！」完全不知道自己成了有史以來第一個敢打斷牧花者說話的人，少年的臉笑開了花，「放心，我不會白住你的，衝著這份慷慨，以後只要是你的事情我都可以免費幫忙！」

「是麼？」聞言，赤染的笑意不住擴大，他已經很久沒有這樣的心情了，這種打從心底覺得有意思的感覺，「那就先行謝過了。」他客套地說，雖然沒有拒絕，但只要稍微有腦筋的人都能聽出來，赤染完全沒有要使用這份承諾的意思。

少年在分類上當然是屬於那有腦筋的區塊，所以在這句話之後，他直接嘟起了嘴。

「我是認真的。」

「孤知道閣下是認真的。」

「我真的能幫上忙！」少年更用力的強調，一雙黑色大眼緊緊盯著眼前那即使戴著面具依然難掩絕代風華的身影，手上開始掐捏著什麼，「而且是馬上就能！」

少年那還沒有完全成熟的聲線高聲地訴說著，聽著這樣的宣言，牧花者的唇邊依舊是那雲淡風輕地笑。

他覺得對方就是個急於展現自己的半大孩子，從離家出走這個舉動來看，也許還有些叛逆？無論如何，在他離開之前得想點法子勸這少年回家，不然以彼岸這種緩慢的時間流逝法，他出去一趟的時間絕對會把這孩子給憋壞，要說悶瘋都有可能。

漫長的孤獨對這麼個半大孩子來說，負擔未免太大了。

「總之，先帶你去休息的地方吧，至於這些身外之物……」

「在東方。」第二次，少年打斷了赤染的話。

「什麼？」

「雖然其他地方也有，不過我覺得這裡太安靜了，你看起來也不像是個常說話的，所以東方那一個最好，距離也近，來回不用三天，我強力推薦。」少年說，一手還掐著訣，另一手對著牧花者大大比了個讚。

「抱歉，孤不明白你的意思。」

「嗯？這個嗎？這個手勢在我們那兒是『非常棒』的意思。」少年晃了晃比讚的大拇指，認真解說，「肢體語言，全世界通用的，很簡單，你也可以學起來。」

赤染：「……」

誰在跟你說手勢來著？

「孤不明白的，是閣下先前所說的東方。」

「喔？那個啊？」少年不以為意的笑了笑，「你不是要出去找東西嗎？就跟我剛才說的一樣，東邊那一個挺不錯，出了這以後你直接往東找，相信很快就能找到的。」他很自然地說著，沒注意到牧花者唇邊的笑意稍微淡了下來。

「……你懂算，」一樣是肯定句，赤染看著少年還掐著訣的另一隻手，面具下的目光有些深沉，語氣裡也多了些不贊同：「家裡的長輩難道沒有告誡過你，像這類的卜算是不能輕易使用的嗎？」

「啊哈～你終於肯拋棄『閣下』這個稱呼了！」對於赤染那已經接近責備的話語完全沒有反應，少年整個劃錯重點，「早該這樣了，我今年還未成年呢，一直被你閣下閣下的叫，沒老的都要被叫老了。」

赤染的笑意又淡了幾分，雖然還是在笑，但周遭的氣溫明顯地降了下來，這讓少年立刻警覺地跳了起來。

「欸欸欸別這樣，我道歉，我不該無視你的問題，不過剛才那些都是真心話啊，我真的不希望你在用什麼『閣下』來喊我了，那感覺太奇怪了！」他用膝蓋想都知道眼前這個古裝人不簡單，要他被這麼一個不簡單的人物稱「閣下」？就算這是對方的習慣用詞，他也沒辦法坦然接下，他還沒那麼厚的臉皮。

對此，赤染輕輕地點了個頭，「孤接受這份道歉。」他說，然後將視線盯在少年那隻掐了訣的手上。

「唉唷，別那個眼神，我又不是去偷窺什麼天機……」將雙手藏到背後搓啊搓，少年被看得渾身不自在，「只是找點東西而已，不折壽的，而且你也有提供代價給我，所以這不是白算，沒問題的啦……」

「孤什麼時候提供代價了？」

「就剛剛啊，你不是肯讓我在這待一上陣子嗎？」少年歪歪頭，眼底閃過幾絲狡點的眸光，「既然如此，那我幫你找點東西當作房租，應該就是很合情合理的事情吧？誰來都不能說閒話的！」

「……」默。

「呃、還生氣？你不會反悔了不讓我住了吧？千萬別啊，我可是算下去了，你不能賴帳。」少年有些委屈的說，裝可憐裝的十足專業，完全沒意識到自己這行為根本是惡劣的強迫中獎。

赤染長長嘆出一口氣，今天他嘆氣的次數大概是這數百年來的總合。

「孤並沒有生氣。」輕輕搖頭，他的確沒有生氣，對現在的他而言，除了花海的事情之外，要他生氣是一件很困難的事，他剛才只是對於少年如此大膽的舉動表示不贊同而已。

卜算這東西聽起來很方便，但其實就是把雙面刃，只要一個不好就會把自己整個賠下去，看少年這樣子根本不明白這份厲害，「罷了，以後莫再如此輕率而為，指導你的長輩應該也有交代過的。」

「沒。」

「什麼？」

「沒人指導我啊，」少年聳聳肩，完全不知道自己說出了多驚人的事，「我全都是自學的，不過你放心，我明白這玩意的嚴重性，不會亂來的，真的！」他拍著胸脯保證，接著就蹦蹦跳跳得跑去旁邊那個雜物小山堆開始努力整理起來。

因為這樣的緣故，少年並沒有發現赤染的錯愕。

……自學？

牧花者那張不知道平靜了多久的面容在這句話下起了波瀾，他發現，自己也許是小看眼前這個半妖少年了。

卜算這類術法，一直都是極其神祕，充滿了各種無法理解的地方，並不是學了就能懂的，很多時後即使有個強大的老師在旁手把手的指導，也不一定能讓人摸出頭緒來，但這個少年卻說他沒人指導，一切都是自學。

也就是說，剛才那粗糙得讓人有些無法直視的空間跨道，可能也是他靠自己搗鼓出來的，沒有任何人教他……想到這個可能，赤染突然覺得剛才那個手法拙劣的空間通道再次「高深」了起來——這次是正面意義了——如果真的只靠自學就能做到這程度，那麼這少年毫無疑問的是個天才。

雖然現在還沒有確定少年剛才卜算出來的正確性，但這不妨礙赤染對他的評價，而且他很快就會知道少年的卜算是否正確了，只是在確認之前，得先把這孩子勸回去。

於是在把人帶去紫竹屋稍做歇息時，他開口勸了。

「不要。」少年一秒回絕。

「但是孤有事情必須外出一趟，無法在這裡看顧你……」

「沒關係，我可以替你看家！」少年舉起手臂擺出一個大力士的動作。

赤染有些感動又有些好笑，「你的心意孤心領了，但此處的時間與外界不同，你看不來的。」

「嘎？」少年呆了呆，赤染便趁這個機會將彼岸之地與外界的差異稍微做了講解，試圖讓他知難而退乖乖回家，沒想到在聽完赤染的解說之後，少年整個雙眼都在發光，活像挖到寶一樣。

「請務必讓我留下！」少年激動湊到赤染身邊，雙手用力握住了他長袖下的手，整個人差點沒貼上去，「這裡太棒了！我老是覺得時間不夠不夠啊！你放心！把我一個人扔在這裡幾百年也無所謂！我等你回來！」

手上傳來少年溫暖的體溫，赤染在愕然之餘，不得不承認他有些被嚇到。

已經多久了？這種直接跟人碰觸的感覺，這種程度的溫暖已經有多久沒感受到了？他的體溫很低，即使雙手交握也感受不到絲毫暖意，不像少年的手，有著宛如火焰般的炙熱。

換作其他人，應該是沒那個膽子像這樣握住他的手吧？很失禮，很莽撞，但是他不討厭。

感覺著少年傳地來的溫暖，赤染的笑意不自覺地擴散到眼底，給人一種如沐春風的感覺，看得少年眼睛都直了，但是——

「不行。」赤染還是拒絕了。

「欸欸？為什麼啊？」

「不為什麼，孤不能冒這個險，」把一個人子丟在彼岸這種事情他做不出來，「況且，哪有讓客人替主人看家的道理。」

「那我跟你一起去！」

「啊？」

結果他還真的帶他一起去了……

一路上，少年時而深沉時而跳脫，以男孩子來說好看得有些過分的臉時刻洋溢著笑，中途有好幾次赤染都提出要直接送少年回家，卻都被對方顧左右而言他的矇混過去，沒辦法，他不知道少年的家在哪，只好繼續帶著這條小尾巴，畢竟人都帶出來了，怎麼也得好好地帶回去才行。

而且這次，他也的確得到了少年的幫助。

那個卜算結果，是對的，他真的靠著少年的提示找到了下一個願意和他一起散播渡曲的琴妖，整個過程順利到讓他覺得有些不太現實，依照他原本的估算，他以為自己至少得找上十天半個月的，沒想到就這麼出來兩天就找到了。

說「找」可能有些語病，因為他根本就沒繞到彎路，出了彼岸之後幾乎就是朝著目標直線前進，這下他算是確認也見識到少年的卜算功力了，在驚嘆之餘也再次誠心地提出告誡，他說得很委婉，委婉到少年差點聽不懂赤染的弦外之音。

「沒事的，我有分寸。」對於赤染的關心感到十分受用，少年又拉出了他那燦爛的笑，然後繼續扮演他的小尾巴，緊跟著赤染回到了彼岸之地。

因為確實地支付了「房租」，少年非常問心無愧地在赤染的紫竹屋裡住了下來，而他那些像小山一樣的雜物……他沒好意思帶進屋裡，所以就乾脆原封不動地堆在外頭了，反正這塊地方沒風沒雨沒太陽，連螞蟻都看不到一隻更別說有什麼小蟲了，那座雜物山堆到天荒地老應該也不會有事。

少年就這樣在彼岸待了一段頗長的時間，至於有多長……因為兩人都不是很在意時間的類型，加上日子實在是太悠哉愜意，所以回過神來時，少年把自己給嚇了一跳。

他帶來的書，看完了。

本來以為看上幾年都看不完的東西，居然讓他在這裡給全部看完了，雖然彼岸那種不必吃飯喝水只要注意睡覺就好的特性讓他騰出了非常多時間，但是看完了這堆也就說明了……他至少已經待了幾個年頭了。

「哇賽，這真是……時光飛逝歲月如梭啊……」盯著自己手中的書，少年訥訥的自語道，然後很難得的開始不好意思起來。

他好像叨擾太久了。

「不過……」他摸了摸腦後的頭髮，「真奇怪，在這裡難道不長身體的嗎？怎麼頭髮都沒長長？」可是他看赤染的頭髮有在變長啊，當年帶著新的琴妖回來時，赤染為了煉製新的髮弦而將那頭拖地的黑髮給截去不少，看得他好心痛，那麼漂亮的頭髮啊，剪斷什麼的真是太罪過了，幸好這些年慢慢長了回來，他的惋惜也漸漸淡去。

所以為什麼赤染的會長自己卻不會長？難道赤染的頭毛構造跟他不一樣嗎？看起來都差不多啊……嗯，既然發現了疑問就要去解決！

於是少年夾著筆記，打開門之後就循著琴聲跟歌聲跑了出去，很快，他就找到了那個優雅而從容的身影，乖乖等到這一曲彈完之後，他就迅速地湊了上去。

「遇到什麼問題了麼？」停下手，赤染笑著看那寫了一臉求知的少年，心底沒有半點不耐，這些日子以來他們就是這樣相處的，有時候是少年跑來提問，有時候是他詢問一些有關人世的事情，雙方互有問答。

他自己可說是有著年歲的優勢，活得久當然也看得多，但少年卻也不差，深厚的學識底子很多時候都能讓赤染驚訝，這孩子才多大？這讓他越發對少年欣賞佩服起來。

所以當他替少年解答了為什麼他的身體在這裡不會成長的問題，聽見少年說自己差不多該離開的時候，赤染的心情其實是失落的，雖然只有一點點，但他的確感到了些許難過。

「是嗎，要走了啊。」

「嗯，打擾了這麼久，實在很不好意思，」少年憨笑著搔著頭，「還有那堆雜物，實在抱歉，我會連那堆東西一起帶走的，保證還你一個乾淨的窩！」

「無妨，」他從來就沒有介意過那些雜物的事情，跟彼岸的大小相比，那座小小雜物山的占地面積幾乎可以忽略不計，「讓孤送你一程吧，你家住何處？」

「不告訴你。」

赤染：「……」

「別那個臉，這種機密是一定不能告訴你的！」少年的雙手在胸前交成一個大叉叉，十分理直氣壯，「不然我下次來的時候，要是一個不小心惹你生氣還怎麼了，被你強制遣返的話那該怎麼辦？所以絕不告訴你我家在哪，我自己回去就行！」

「……下次？」赤染有些不確定的開口：「你還想過來？」彼岸之地的氣氛難道沒有讓這少年起半點畏怯？

「當然！」少年用力點頭，「這地方這麼棒，還有像你這樣心地好又長得美的人，如果不是書看完了，我還不想走呢！」

「過讚了，這個地方……很多人是避之唯恐不及的，而且孤也沒有你說的那麼好。」說著說著，赤染抱琴而起。

「那是那些人不懂這邊的好，也不懂你的好，」拍拍屁股起身，少年嘻皮笑臉的打趣道，「說真的，如果你是女的，管他什麼種族年齡距離呢，我肯定要把你娶回家當老婆。」語出，赤染很難得的笑出聲。

「呵呵，」他輕笑，離別的情緒被這一笑給沖淡了不少，還順帶讓他興起反擊的心情，在一般情況下，他是極少與人這般調侃的，「怎麼不說若你是女子，必當嫁與孤呢？」

聞言，少年瞪大了那雙好看的眼，半晌後才右手握拳用力搥了下左掌心，「對喔，還可以這麼辦，我都沒想到，不過我們家……」我們家不會有女孩的，血統關係，生不出來。

少年本來要這麼說，可在話要出口時緊急煞車了，他看著那披著柔順黑髮的背影，心中一陣後怕，好險啊，差點說溜嘴了。

雖然他相信赤染，但這件事情的影響太過深遠，他不得不謹慎，只能選擇隱瞞。

「你們家怎麼？」領在前頭走著，赤染沒有發現少年的異樣。

「沒什麼，我只是在想啊，如果我真是女的，你敢娶嗎？」跟在赤染身後，少年打著哈哈。

「有何不敢？」

「你說的喔。」

「是，孤說了。」

「很好，別後悔啊～」

後悔？

赤染有些不解的轉頭看了少年一眼，然後看到了對方一臉賊兮兮的笑，此時的他還不知道少年為什麼要這麼笑，又為什麼要他別後悔，一直到少年真的再一次拜訪彼岸時，他知道了，同時也真的後悔了。

因為自空間通道上翩然飄落的少年居然穿戴著大紅色的鳳冠霞帔，身姿如在空中盛開的花兒一般嬌豔，待他落地之後，只見鳳冠上的珠串隨著他的動作而輕晃，溫潤的珠玉光澤襯著臉上那被細細描繪過的精緻妝容，配合那含羞帶怯的神情，儼然就是位絕色佳人。

赤染僵立在原地，看著這個除了性別有點不對之外什麼都好的「佳人」朝他款款緩步而來，每一步都是那樣的婀娜多姿，而當「佳人」來到他跟前站定後，他見到了一抹連花兒也會為之失色的笑。

「良人哪，妾身依約前來了。」少年羞答答的說，聲音嬌柔婉轉，顯然是特意練過的。

「……抱歉，先前之事是孤失言了……」

「哎呀？你不是說不會後悔的嗎？」

「……」

那是赤染第一次知道什麼叫哭笑不得。

番外之一〈那些年、一抹笑〉完

青燈・番外之二

〈那些事、一滴淚〉

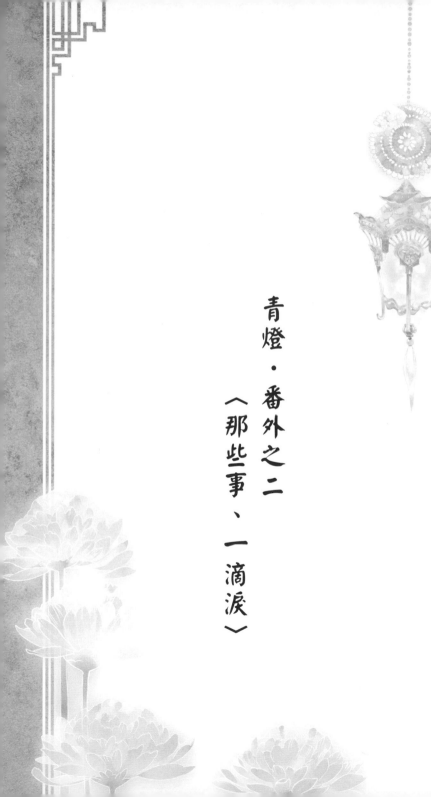

在「成親事件」過後，赤染跟少年之間的距離又更近了一步……咳呃，澄清一下，這裡並不是說赤染真的娶他了，而是說，少年在單方面變得更加肆無忌憚了。

比方說，帶來的書不夠看，那他就直接把整個書櫃帶來。

發現自己會認床睡不著，索性連床帶被的搬到竹屋裡放，等要回去的時候再一起挾帶回去。

同時，他開始借彼岸之地趕作業。

除了作業之外，他連悔過書也會帶過來寫，邊寫還邊問赤染的意見，於是這便造就出一篇篇辭藻華美扣人心弦的悔過文，乍看之下那叫一個感人，但細看之後就知道那全是廢話，整篇就沒有半句提到「以後不再……」之類的真正跟悔過有關的東西。

不得不說赤染的脾氣真的很好，不管少年怎麼亂搞，只要不做對花海有害的事情，他都是一副隨意的樣子，嘴邊永遠是那柔和的笑，也是在這樣的鬧騰之下，少年才知道自己穿著嫁衣的那天，牧花者臉上那抹僵硬無比的微笑有多難得。

之後即使他多次穿著女裝過來，也沒能達到那種效果了，這讓少年十分扼腕，那天怎麼就忘了帶照相機呢？如果時光能倒流的話，他一定會去買最好的底片將那一幕拍下來。

時間就這樣繼續流逝。

而在某天少年又一次帶著家當跑來彼岸趕書法作業的時候，他突然意識到一個問題。

打擾了這麼多次，待在彼岸的時間累積起來都要上十幾個年頭了，他居然還沒有自我介紹也沒有讓對方自我介紹！這真是太不可思議了，於是就在那天，兩人終於知道了對方的名。

赤染，左墨。

「嘿，我們果然很有緣~兩人的名字裡都有顏色在，不錯不錯。」提著毛筆努力書寫著，左墨很開心，畢竟，要讓赤染這樣的人物願意交換名字可不是件容易的事，想到這，他嘿嘿一笑，幸好今天特地搬了張矮桌到赤染旁邊趕作業，不然還不知道要到什麼時候他才會想到要問名字。

「確實有緣。」一曲奏畢，對於左墨那有些厚臉皮的發言，赤染也沒反對，每一次的相遇都是種緣分，所以他倆的確很有緣，就在此時，他手下的那張琴嗡嗡地插了進來，不甘寂寞的硬要湊一腳，這讓赤染輕嘆，「是，一切都是緣分，你同孤也很有緣。」

嗡嗡嗡……琴聲滿意地低了下去，這下才肯繼續配合赤染下一曲彈奏。

老實說，這琴什麼都好，就是太聒噪了，對此，赤染曾經跟左墨提過，而當時的少年非常嚴肅地回答他了：「聒噪點好啊！之前我就說了，這裡那麼靜，你又那麼自閉不愛說話，所以當然要找個話多點的作伴啊，不然你遲早會悶死的。」

赤染：「……」

也好。

赤染靜靜地想，手下跟著思緒彈奏起來。

這樣一來，至少彼岸就不會都是自己的聲音跟琴音，聽起來也不會那麼寂寞，思及此，赤染稍稍頓了一頓，沒想到他還記得寂寞這個詞，時間太久，他還以為自己早就忘了呢。

搖搖頭，他將突然升起的感慨給壓下，笑著繼續彈奏下去，開口，和緩的歌聲伴著琴音悠揚而出，然後就跟過去的每一次一樣，他將整個心神投入了渡曲之中。

因為這樣的投入，他沒有發現在一旁趕書法作業的左墨在某個時間點，身體僵硬地震了一下，宣紙上，一個大大的墨漬難看地渲染開來。

上頭寫著赤染的名字。

左墨拿著毛筆的手微微顫抖著，他不動聲色地覷了正在專注彈琴的人一眼後，巧妙地將桌子挪了個方位，讓對方即使抬頭也無法直接看到自己的紙上都寫了些什麼。

他很震驚。

原本，他只是抱著好玩的心情在算卦，好不容易知道了名字，如果不稍微算一下的話總覺得很對不起自己，可這一算下去，他差點把手中的毛筆給捏斷。

赤染。

他本來還以為這名字是因為牧花者長期待在這片彷彿連自身都要被染紅的花海中，久而久之才得了這麼個名字，可在知道真相之後，他才知道自己完全會錯意了。

赤染的名字跟這片花海一點關係也沒有，而他藏在這名字底下的真實身分，更是跟這片彼岸完全沒有任何交集，可以說在赤染成為牧花者之前，這片彼岸跟他完全就是兩碼子事，如果不是成為牧花者的話，他可能一輩子都不會到這來，哪怕是死了也不歸這塊地方管。

為什麼兩個毫不相關的存在最後會變得如此密不可分？

為什麼赤染會為了跟自己無關的這一切而心甘情願地將自己綁在這？還一綁就是成千上萬年？

很多疑惑，但左墨不敢問，原因之一是因為他知道的這些都是未經同意就偷算來的，這種事要是讓赤染知道了肯定會不高興，換做是他被人家這樣偷算也會不高興，至於為什麼明知道人家會不高興他還要算，這答案就很簡單了，兩個字，手賤，而根據本人的說法，這是家族遺傳，沒藥醫。

原因之二……他怕問了之後，赤染會想起自己原本是什麼、是誰、活在哪裡。

雖然他覺得赤染就算想起了這些，也還是會遵照自己的諾言繼續守在這裡，不必擔心彼岸會因此失去它的守護者，但是……他會怕。

對，他會怕。

以前總覺得世上沒什麼東西能讓他畏怯恐懼，沒想到現在就找到一個，還近在眼前，不過，他怕的並不是連赤染自己都忘了的那個真實身分，他怕的是眼前所熟知的這位「牧花者」會在赤染想起自己是誰之後消失。

他不要這樣。

默默拿著手中的毛筆將紙上的名字塗掉，左墨深深地看著赤染那專注於彈唱的身影。這是多美好的一個人，多讓人心疼、敬佩的一個人，多讓人喜歡的一個人……他們才剛交換了名字，互相認可了彼此，可不能被這封存了不知道多少歲月，連本人都早已不復記憶的真實給毀了。

託彼岸時間差的福，少年雖然年齡不大，心智卻是早早成熟了，現在的他差不多就是一個三十幾歲的青年人裝在未滿十八歲的身體裡，所以他很快就將自己的心情給調整好，反正他認識的是眼前這個，喜歡的也是眼前這個，過去的赤染不管怎麼樣他都沒興趣，當做不知道就好。

在心底這麼決定著，左墨再次揚起了笑臉，這時，赤染正好又一次地結束了渡曲，並且開始調整琴弦，逮著這個機會，他有句話不吐不快。

「赤染。」少年輕輕地喊出聲，這是他第一次喊出對方的名字，同時也是最後一次，在今天這次之後，他就會像過去十幾年一樣用回欸來喂去的稱呼，不為什麼，只因為任何會勾起赤染回憶的事情他都不願去做，他要保住眼前這個人。

「嗯？」對於少年的呼喚，赤染沒有抬頭，只是用鼻音輕哼了一下表示有在聽。

「我有沒有說過我喜歡你？」

「……？」聞言，赤染停下了手上的動作，嘴角依舊笑著，但笑裡帶了些困惑，「發生什麼事了嗎？」

「沒啊，」聳聳肩，左墨笑得燦爛，「只是突然很想告訴你，所以就說了。」

「……」看著左墨笑得一臉沒心沒肺的樣子，赤染隱隱覺得好像有哪裡不太對，但真要說哪裡不對的話他也說不上來，所以只是定定的看著對方，彷彿這麼看下去就能看透被左墨隱藏起來的真相一樣。

還別說，到了赤染這種程度的，繼續讓他看下去的話沒準真的會被看出什麼，左墨不傻，他才不會坐以待斃。

「幹嘛幹嘛？我是認真的耶，那可是我難得的真情告白，你這什麼反應啊？」懷疑的種子要在萌芽期就掐滅，所以左墨立刻扯開了話題，扯歸扯，他可沒說謊，剛才那句聽起來有些兒戲的告白的確是真心的。

赤染不為所動，繼續噙著笑，用那幽深的眸子看著他，看得左墨心底直發毛，不得已，只好放大絕了。

「我說，你要是再這麼盯著我看，我只好去把那套嫁衣拿出來明志了。」

語出，赤染的目光閃爍了一下，臉上的表情雖然沒什麼變，但是在三秒過後，他就像什麼事都沒發生地低下頭重新調整琴弦去。

絕招之所以是絕招，是有他的道理的。

對於這樣的結果，左墨偷偷在心底拍了拍胸脯，悄悄道了聲好險後，就繼續趕他的書法作業去了，至於在這之後他再也沒有喊過赤染名字的這件事，因為過去十幾年來赤染也被他欸來喂去的叫慣了，所以完全沒有察覺這裡有什麼異樣。

時間繼續流逝。

左墨以外界每天一次的頻率在拜訪著彼岸，成為了這塊地方的第一個實質意義上的常客，這個常客的日子過得十分充實，因為他想學的東西真的太多了，想研究的東西也很多，在外頭的話時間根本不夠他揮霍，只好沒事就跑來泡彼岸。

這泡著泡著，四藝不知不覺就讓他泡出水準來，還是相當高的水準，琴棋書畫可說是無一落下，當然，雖然在人間來說他已經彈得一手大師級的琴了，但在赤染的面前，他那琴藝還真拿不出手，沒辦法，時間的差距啊歲月的差距啊，他怎麼彈都彈不出赤染那種意境，但沒關係，他不會去跟赤染比這個。

這些東西學起來是修身養性陶冶性情用的，比來比去多無聊，還不如多切磋多交流，沒準還能提高自己，左墨就常常這麼做。

他總是會趁著赤染移動到下一個彈琴點的時候去請教關於琴技的東西，然後在赤染停下來開始彈琴的時候，搬出自己的小桌桌開始畫人物畫，也許是國畫也許是西畫，看他當時的心情而定，有時如果遇上那張聒噪琴罷工吵著要休息了，那麼他就會蹭過去跟赤染來上一盤棋……

……啊，太愜意了。

回想著自己這段日子以來的生活，最近開始在紫竹屋裡研究起茶道來的左墨覺得這一切根本是天堂，雖然赤染對於他一個半妖長期待在彼岸一事感到憂心，不過說真的，他完全不覺得外頭那些花海會對他產生什麼影響，不就是怨氣嘛，誰都有啊，他很能理解的。

反而是他很擔心赤染，為了那些冥頑不靈的傢伙，赤染總是沒日沒夜的在那邊彈唱著，還一唱就是幾個年頭……這樣下去真的撐得住嗎？

心不在焉的擦刷著手裡的紫砂壺，左墨那總是笑得像個白痴的臉很難得地憂愁了一把，這讓抱著琴回到紫竹屋的赤染有些疑惑。

「怎麼了？」在煩惱什麼嗎？

「嚇啊！」

沒等赤染問出後面的句子，沉浸在自己思考中的左墨就被這突如其來的問話給嚇得差點跳起來，手上還在保養著的紫砂壺險些脫手掉下去，「你你你你回來了?!」尾音拔高，左墨對於居然能看到赤染回紫竹屋這件事情感到萬分驚訝，要說驚駭也不為過。

要知道，打從他第一天到彼岸起，他就從來沒見過赤染使用這間紫竹屋，所以他一直以為這間屋子的存在價值就只是為了擺放那些休眠的琴妖，還有隔開月泉跟彼岸而已，至於屋裡擺設的櫃子竹床跟小桌，大概……是用來招待客人的？

雖然彼岸這地方基本上沒客人，除了他自己之外，這些年頭過去了也就看到幾個來去匆匆的青燈，可俗話說得好，有備無患嘛，他不就是一個客人嗎？於是乎，左墨就這樣替這間紫竹屋還有裡頭的設置下了解釋，一直到今天看到赤染回來，他才知道自己之前的想法是錯的。

原來這間屋子不是單純的擺設，赤染是真的會回來的。

啊啊，早知道會這樣的話，他就會把自己的私人物品給藏起來了，現在整房間幾乎都是他的東西，怎麼看都很有鳩占鵲巢的味道，想到這，他尷尬的抹臉再抹臉。

「怎麼，孤回來這裡，令你如此驚訝嗎？」將手中的琴掛到牆上讓它好好休息，赤染微笑地看著一臉乾笑的左墨。

「是有點……那個，不好意思，我等下就把東西搬出去……」

「無妨，那些東西並不礙事，除了紫竹床的部分，其餘的你自可隨意。」他溫和地說著，在確定琴妖已經安穩歇下之後便來到櫃子旁將抽屜打開，從裡頭取出了薰爐跟香料，一陣擺弄之後，檀木的香氣便從爐中飄散出來。

左墨抽著鼻子深吸了幾口，忍不住發出滿足的嘆息。

嘖嘖，赤染用的東西就是好啊，這香料要是放到人間去的話那價格肯定……哇靠！

「你你你你幹嘛？」這是左墨今天第二次結巴，看著赤染，他覺得自己的小心臟就快跳出來了，因為……「幹嘛突然脫衣服啊？」想害他流鼻血嗎？

聞言，赤染搖頭失笑。

「淨身沐浴那有不褪衣物之理，」他笑著將解下的外袍拿到一旁掛好，接著開始解起中衣，「每逢月泉滿溢之日，孤都會回到此居稍做休憩，今日正好是這樣的日子。」

聽著赤染的解釋，左墨臉上寫著大大的原來如此，「所以才會回到這邊來啊，太好了，我還以為你真的會那樣一直不休息呢，原來還是有休息時間的嘛，嗯嗯，很好很好。」他頗欣慰的說，由衷地感到高興，雖然不知道這個月泉到底要多久才會滿上一次，但只要赤染肯休息，那就什麼都好了。

而且赤染剛剛還說了，除了紫竹床以外的地方都隨便他放東西，這意思就是說，赤染除了沐浴放鬆之外可能還會睡上一覺？天啊！他怎麼突然有種很感動的感覺！這種感覺幾乎要跟看見自己的寶寶第一次學會走路一樣了！赤染！你終於要睡覺了啊！爸爸……不是，你的朋友好感動啊！

當然，這些內心吶喊左墨可沒敢當場喊出來，但是這不妨礙他兩眼放光的看著赤染寬衣，說起來很神奇，這片彼岸之地好像完全沒有灰塵一樣，衣服不管過多久都不會變髒，加上他的身體在這裡不會有代謝行為，所以也不冒汗，這讓他即使N年不洗澡也不會有特別的感覺，頂多就是覺得衣服變得很皺而已，這個變皺還是因為他到處亂跑亂動的關係，像赤染那樣的可是連變皺的煩惱都沒有。

可以說，在這裡根本沾染不到任何的髒汗，而唯一可能會被汙染的那個地方叫做「心智」，或者要叫靈魂、精神也行，所以一般人很難在彼岸長久地待下去，左墨算是個例外，至今赤染仍然不明白為什麼這個半妖會一點事也沒有。

赤染在脫到剩下最後一件裏衣的時候停了下來，頗為好笑的看著滿臉期待的左墨，他也不說話，老樣子的就這樣帶著笑意看過去，一看、再看……

……

…………

「呃，你不脫了嗎？還有一件耶。」左墨說，語氣中有著某種期待，這讓赤染十分無語。

「孤沒有在他人面前赤身裸體的癖好。」

「唉唷，都是男人嘛，怕什麼？脫吧！我替你把風！」

還把風呢，這個無賴。

赤染笑著搖頭，不理會左墨那閃亮到有些刺眼的期待目光，逕自走去打開了通往月泉的門，在確定將門關好後，才來到那滿盈的月泉旁褪下最後的裏衣，在他長久以來固定淨身的地方下水沐浴。

這塊區域下有他特意整理出來突起跟斜坡，人可以舒服坐在上頭，就算想要半躺也行。

赤染坐上那個位置之後就舒服的泡在裡頭，泉水是冰冷的，但因為他本身的體溫與之相差無幾，所以對赤染來說月泉水的溫度很「適中」，不冷也不熱，正是能讓他最放鬆的溫度。

柔順的黑色長髮因為沾了水的關係，有部分貼到了手背上，部分貼到了胸前，而就在他閉目養神的這時候，耳邊傳來了開門聲。

赤染笑嘆了下，果然，那門攔不住他啊。

「偷窺他人沐浴是不道德的。」睜開眼，他往門的方向看去，這一看，他就知道了什麼叫做無恥是沒有下限的。

只見左墨搬來了他的專用小桌桌，手邊畫筆畫紙一應俱全，一臉的認真嚴肅，「偷窺什麼的，我才不會做那種齷齪事！」他說，然後又跑了幾趟將各式畫材通通搬齊後，才坐到了桌前提起畫筆，「我只是過來畫畫而已，這是偉大而高尚的藝術行為，請不要用有色眼光誤解它。」

聽到這樣正氣凜然的發言，赤染沒說什麼，只是再次拿出他的微笑盯人法則，一看、再看、三看，看到連左墨也忍不住尷尬的縮了縮，但是，他就只是縮一下而已，馬上就故態復萌了。

開玩笑，放眼天下可說是再也找不到這麼棒的模特兒了，以前學畫時的模特兒雖然也很不錯，但要跟赤染比起來那就是直接被甩開好幾個檔次，根本是天上地下的差距！要是不好好把握這次的話，他一定會惋惜懊惱一輩子的！

為了避免自己日後懊惱，左墨一秒就選擇扛住某人的微笑凝視。

「唉唷，別這麼小氣，反正你脫都脫了，就讓我畫一下嘛，你知道的，身為一個畫家，看到美好的事物就會想要畫下來，這是很正常的反應！」左墨說的很理直氣壯，一邊說，他手中的筆也跟著一邊刷刷刷地畫了起來。

赤染很無奈。

「孤若說不願意讓你畫，你會停筆嗎？」

「會。」

「喔？」赤染驚訝了，「這麼好說話？」

「當然，我像是那種不明事理的人嗎？」左墨義正嚴詞的說，接著就拿出了一臺拍立得，在對方來不及反應之前按下了快門，「雖然沒辦法用現場很可惜，但大不了拍起來回去畫嘛～啊，要我加洗一張給你嗎？」

「……心領了。」他對於收集自己的裸體圖像沒有興趣。

於是月泉邊出現了一幅神祕的奇景，只見牧花者紋風不動地靠躺在月泉邊休息，岸上的人則是見獵心喜地一張畫過一張，素描畫完了換水墨，水墨畫完了換水彩，水彩搞定了之後他居然開始弄起油畫來……

看著左墨喜孜孜的一張接過一張，嘴上還說著要拿去當傳家寶什麼的，赤染真是既無奈又好笑，不過，即使自己現在這副模樣被人畫了一張又一張，他也沒有要上前阻止的意思，反正畫像只是畫像，想來左墨也不會拿去亂來，所以就隨他去了。

對於這樣無所謂的態度，左墨是一喜一憂。

喜的是，他可以繼續光明正大的畫下去了，機會難得啊，這麼養眼的情景以後不知道要到什麼時候才能再次看到，不趁現在大飽眼福的那是笨蛋。

憂的是……「你……都不會生氣的嗎？」這是他一直很在意的問題。

仔細回想起來，打從他到了彼岸之後，除了在發現他輕易動用卜算時赤染有展現出一絲不贊同的氣氛，其他時候……哪怕是他抄起了符在彼岸亂炸一通也沒能讓赤染的眉頭皺上一下。

這種感覺放到一般人來說就是好脾氣、好修養，用妖者的目光來看叫做修為高深莫測喜怒不行於色，可看在他眼裡，卻越看越像是「生氣」這個情緒被硬生生地抽掉了一樣。

他很擔心。

擔心要是這個「生氣」哪天突然一口氣全跑了回來，那麼累積起來的爆發會有多可怕。

赤染沒有察覺左墨的這份擔心，在這種情講下被問及這樣的問題，他很自然的以為左墨這是在怕他生氣了，所以他只是如往常般笑著，語氣溫暖而平和。

「孤並沒有生氣，放心吧，」不過就是入畫而已，「孤不會生你的氣。」

「嗯，我知道你沒生氣，可是我不是那個意思……」放下畫筆，左墨抓著頭企圖組織語言，「我知道你脾氣好，修養也好，但是我覺得你有時候也可以稍微任性一下啊，比方說鬧個情緒什麼的，就像貓咪一直順毛摸固然不錯，但是偶爾也是需要炸炸毛的！」

說到後面，他有些語無倫次了，「當然，我知道很多事情看在你眼裡真的不值一提，可我就是擔心你是不是老悶著，其實生氣是個很重要的情緒，你在這裡還不知道要待上多久，適當的宣洩一下其實是很不錯的……唉，你懂我說的嗎？」

「……大概明白。」

「欸？真懂？」他自己都有些聽不懂了，果然赤染的理解力也不是一般水平。

「放寬心吧，孤並沒有悶著，也沒有累積什麼情緒，而且，」直起身子，赤染的雙手繞到腦後開始解起繩結，「孤也不是如你所想那般，完全不會生氣的。」

咦？「真的嗎？可我來這麼久了，」還做了那麼多垃圾事，「怎麼從來沒見你氣過啊……」

「因為那些並不值得孤生氣，」他輕笑，腦後的繩結完全被解開，一直覆蓋在臉上的那張銀白色面具就這樣掉了下來，浮在水面上宛如另一張臉，解開面具後，赤染雙手掬了些水拍在臉上輕擦，「許久以前，孤曾經動怒過一次，不過時間過了太久，至今早已不復記憶，但孤的確……你怎麼了？」

停下手邊的動作，赤染不解的看著已經在岸上整個石化的左墨，這一聲，對方沒反應，他又喊了兩三次，左墨才大夢初醒般的回過神，回神後的第一件事是摀住自己的鼻子。

他被赤染的容貌給震住了，在看到的瞬間，他甚至連呼吸都為之掠奪。

一直覺得赤染藏在面具之下的面孔肯定很美，但沒想到會美到這種人神共憤的程度啊！這還讓不讓人活了？他自認自己也算長得不差，事實上只要混到了妖者的血緣那幾乎就是沒有長歪的，可就在剛才，他突然覺得自己也是個歪的，差不多歪了四十五度吧。

彼岸沒有陽光，嚴格點說，這裡唯一的光源就是那些渡曲形成的螢光，所以赤染摘下面具後並沒有出現他之前開玩笑時說的那種膚色落差的狀況，皮膚很白，不是那種缺乏光照而導致的病態的蒼白，而是一種宛若月光的白皙。

總是藏在面具下的眉眼顯得十分柔和，但並不柔弱，精緻的眉形下是燦若星石的眼，挺拔的鼻梁下接著總是帶著淺笑的薄唇，一切都是那麼恰到好處，額間勾勒有淺淺地紋樣，但是左墨這時整個被這張臉給震撼了，完全沒有多餘的心思去注意其他地方，所以他沒仔細看那個紋飾，也沒注意到赤染在解下面具後，墨色雙眸反映出的幽幽紫光。

多美的臉孔啊。他忍不住嘆息。

這樣的面容，不論任何人來看都會為之著迷、嫉妒甚至瘋狂的吧？

而且赤染正好在洗臉，拍在臉上的水珠順著那美好的線條滾落，先是凝在下巴那邊之後再滴落回水面盪出圈圈漣漪……這畫面真是要說多性感有多性感。

看著赤染那令他幾乎想不到形容詞去描述的美麗面孔，不知為何，左墨想起了古代一個因為臉孔長得太過俊美而總是在戰場上戴著面具的將軍，說真的，長成這樣，如果不把臉遮起來的話做起事來還真不方便，說個話都得等人從呆愣中回神，成天看著別人對自己流口水就飽了……

想到這，左墨抬起另一隻手擦了擦嘴邊，嗯，好險，鼻血沒出口水也沒流，還不至於太過失態。

「左墨？」

「咳咳，沒事沒事，我只是太過震驚……就是、那個……你長得很好看，一個不小心就看呆了。」

「過讚了，」還是那抹天塌不驚的淺笑，赤染很快地拭淨了臉上的水滴，接著就撈過水面上的面具，依著月泉水將其細細打理起來，直到自己滿意以後才將上頭的水珠拂去，而在他要將面具戴回去的時候，他先是頓了一頓，轉頭看向一旁看得目不轉睛的友人，「孤的面容，你也要畫下嗎？」

言下之意就是，如果要畫，那他就晚一點再把面具戴回去。

這瞬間，左墨其實很想說「要」，但是……「心有餘而力不足啊……」他苦笑著搖頭，手中的相機舉起又放下，「這世間，大概沒有任何方式能將你的容顏給完美地詮釋出來，真是，你怎麼就長成這樣呢……」

「呵呵……不好嗎？」聽著左墨的抱怨，赤染忍不住輕笑，看見這一笑，左墨連忙又去摀住自己的鼻子。

「沒有不好，而是太好了，」帶著鼻音，左墨悶悶的說：「你還是快點把面具戴回去吧，再這麼看下去，我以後就不用討老婆了……」

「這又是何意？」

「一個吃慣了皇家滿漢全席的人，如果哪天突然要他改吃路邊一碗三塊半的肉燥飯，可是需要花上一番工夫去接受的。」

……什麼比喻？

赤染再次失笑，拿下面具之後的他，可能是因為能直接看到眉眼的關係吧，總覺得他的表情變得比較豐富，至少不再是千篇一律的淺笑。

看著赤染將面具戴回去，左墨在覺得惋惜之餘也心定不少，一直看著那張臉壓力實在太大，大到他的心跳沒有半刻消停還附帶血壓直線上升的副作用，嗯，真的是壓力太大了。

「是說，為什麼突然解下面具啊？以前從來沒見你拿下來過。」放鬆下來後，左墨第一個想到的是這個問題。

「淨化，」在腦後綁著繩結，赤染的動作很俐落，「此物長期與孤待在彼岸一側，難免會沾染上怨氣，所以每逢回歸休憩之時，孤都會以月泉水將之潔淨一番。」

「喔～」似有所悟的沉吟著，左墨再次架起了畫具，手中抄起畫刀，「好！最後一張油畫！」

赤染：「……」

然後又是一邊在作畫一邊在休息，而一直到這張油畫畫完，左墨都沒敢問出他最想問的問題，那就是：你為什麼要戴面具呢？

是為了要遮住什麼嗎？應該不是單純拿來遮臉的吧，雖然赤染的確長得很禍國殃民，但彼岸這種基本不會有人來的地方，就算臉孔再美也沒必要遮，因為遮了沒人看，不遮也沒人看……

剛才看得太過入迷，他只知道赤染的額間似乎繪有飾紋，是為了遮掩那個嗎？唔……他對這方面沒有研究，看來之後得找看看有沒有相關資料才行……

有些心不在焉的收拾畫具，左墨的思緒飛轉著，不過即使是這樣整顆心不在位置上的狀態，他依舊完美地把握住赤染上岸的時間，然後？

然後他就被一個瞬移直接送回了紫竹屋……

半裸看完了還想看全的？想都別想。

「小氣鬼！」左墨糾結的在屋裡直打滾，「讓我看一下又不會少塊肉，你有的我也有啊，怎麼還怕我看啊？」

「誠如你所言，孤有的你也有，那又何必要看？」穿好裏衣從月泉一側回到竹屋，赤染假裝沒看到在地上打滾的人，直接過去取他先前掛在薰爐附近接受焚香的衣物，本以為左墨會就此消停，可沒想到他還是低估了這人的下限。

「因為你的比較好看，」左墨滿臉正氣的說，完全無視了他掉落滿地的節操，「我這是在提高自己的美感視野。」

赤染：「…………」

之後，雖然沒能看到傳說中的出浴圖，但左墨看到了赤染的睡臉，這可是能跟赤染的真容相提並論的珍貴畫面，所以左墨守在一旁看了很久很久，看到連他自己都跟著睡著了。

他很認床，但是圍繞在赤染身邊的那股淡淡香氣既好聞又令人放鬆，讓他不在自己床上也睡得很好，至於當赤染醒來發現某人居然像猴子一樣地巴在自己身上睡，還怎麼都推不開的時候……這又是另一個故事了。

春去秋來，年復一年。

少年漸漸長成了青年，然後慢慢變老，時間緩慢而確實地在左墨身上刻畫著印痕，並且逐漸將那旺盛的生命力給帶走。

依照左墨的說法，他這一生可說是活了兩倍的光彩出來，人世間的日子、在彼岸生活的日子，加總起來都不知道超過正常人類的歲數上限多遠了，他很滿足，而且因為他比一般人多出了數倍以上的時間，花了遠超乎一般人想像的努力，所以在最後的時刻，身為半妖的他得到了妖道的認可，讓他擁有了被青燈接引的資格。

得知這件事之後，左墨燦爛地笑了，整個人像是年輕了十歲似的精神起來，一個轉身撈起自己的小板凳就往彼岸跑，開心地將這件事分享給他最重要的朋友。

這是絕大多數的半妖都做不到的事情，對此，連赤染也表示了讚嘆。

「真的很不容易，」看著那已經滿頭白髮的友人，赤染知道他為了能得到青燈接引的資格而花費了多大的苦心，「所以，你選擇青燈，不去冥府了？」

「當然，不然我做啥那麼努力，」左墨一臉理所當然地說，將手中的小凳子放好落坐，「沒辦法，年紀大了體力不好，不能像過去那樣瞎折騰了，「這下，最後的遺憾也沒有了，很好、真的很好啊……」

「遺憾？」停下了整理琴弦的手，赤染不解地看向左墨。

「是啊，從很久以前開始我就一直在想，想著要是死後聽不見你的琴聲了，那該有多麼遺憾，後來我就研究了下……這彼岸，應該是距離歸處最近的地方吧？之前聽你說過，這兩邊只隔了一座燈橋。」

「……確實如此。」隱約猜到左墨接下來要說什麼，赤染的手顫了顫。

「那麼，如果是在那邊的話，依照這距離的感覺，應該還是能聽見你的琴聲的，」左墨笑著說，對著赤染大開雙臂，做出彷彿要擁抱的姿勢，「我是個半妖，儘管活得比一般人類要長，但仍然有個頭，原本在活到頭之後，我就沒辦法再繼續這般陪你了，不過現在不一樣啦。」

他的笑裡帶著溫暖，語氣充滿了情感。

「我將會過橋，到距離這裡最近的那個地方去，然後在那裡繼續聽你的琴，永遠地聽下去……請記得，我的朋友，雖然沒辦法像現在這樣直接跟你面對面了，不過，我會一直在那一端，在那裡用只要過個橋就能到的距離陪著你。」

「左墨……」聽著這席話，赤染的心底有些發堵，嘴邊的笑透出了哀傷的味道。

「呵呵，」從凳子上站起來，左墨大步走上前，彎身給了坐在地上的赤染一個擁抱，「別那個表情，誇獎我一下嘛，這可是我努力了大半輩子才得來的資格呢。」

感受著友人傳遞過來的溫暖，赤染稍微遲疑了一下才探手回擁，他抱得很輕，像是怕自己的體溫會凍著對方一樣，「什麼時候走？」

「兩天後。」

「……孤去送你？」

「不必，你就在這等著吧，可以的話，給我來首〈鳳求凰〉，我會很高興的～」

鳳求凰？

聽到左墨這無厘頭的要求，赤染再一次哭笑不得，「胡鬧。」

「哈哈，反正都最後一次了，鬧一下又有什麼關係呢？」抱著赤染，感受那透過衣物傳來的冰冷體溫，左墨不捨地再次緊了緊雙臂，「吶，最後，聽我一個願望可好？」

「但說無妨。」

「我希望……你可以一直是『你』……」就這樣不要變，一直是那個帶著淡淡笑意，彷彿任何事情都無法撼動你半分的牧花者，「好嗎？」

「……孤不明白你的意思，但，你的願望，孤記下了。」雖然對這突如其來的話語感到有些莫名，不過赤染還是點頭了。

「嘿嘿，不懂沒關係，反正你記著就好，」鬆開這個擁抱，左墨拍了拍赤染的肩膀，「那就這樣啦，我走了。」

「嗯。」

赤染目送著左墨離開，這也是他最後一次看到左墨的身影。

兩天後，左墨隨著青燈的接引，離開了人世。

於此同時，赤染抱著琴，來到了彼岸與幽水的交界處，那最靠近歸處的地方。

天地間響起了一曲〈鳳求凰〉。

不久後，幽水旁盛開了一朵白色的曼陀羅華，白花在一片赤紅下昂然而立，散發出瑩白的光芒，而在那綻放著月華的花芯處，懸著一滴透明的淚。

吶、左墨……你要的〈鳳求凰〉，孤唱了。

你可有聽到？

可有聽到？

番外之二〈那些事、一滴淚〉完

後記

感謝拿起這本書並且一路看到現在的你，這次的第三集有個不得不說的地方！

沒錯！那就是爺爺啊！

我真的好愛爺爺這個角色，當初在提筆寫《青燈》的時候就一直在想，總有一天一定要寫有關爺爺的番外，如今總算是夢想成真，很開心很用力的把爺爺跟牧花者之間發生的一些事情給寫了出來，當然，那些並不是全部，只是爺爺彼岸N年遊（？）的一小部分情節而已，如果未來還有機會的話，那麼，應該還會試著補完的吧～

說真的安慈在如此奇葩爺爺的陪伴下居然沒有長歪，實在是太難能可貴了。

而除去番外，在正文中也處處可見爺爺的蹤跡，相信在往後的故事裡，爺爺也會繼續用這樣的方式陪伴安慈跟大家的。

（對此，安慈表示：……）

在這一集裡頭交代了一些關於燈妖的事還有安慈一家的事，這下總算把安慈他們家為什麼要扮成女孩長大的原因給寫出來了，而在正文最尾端所出現的狐狸君，自然就是下一段故事的要角啦，毫無疑問。

由安慈接下燈杖這個動作所推倒的骨牌，現在已然接到了下一塊，至於這塊骨牌將帶來什麼樣的故事，就讓我們下回再見吧。

日京川　記於一個正在吃香雞排蛋吐司的凌晨

歲時卷之

陰陽關東煮 上

輕世代
FW048

在這間小小不起眼的日式食堂裡，有個「非人」才知道的祕密。
平日以美味關東煮征服客人味蕾的俞平，
接下陰間任務後，轉身一變成爲人間陰差，
在貓咪監督使冬末監察之下，爲亡者傳遞最後一縷執念。

每個人心中都留存一個懸而待解的執念，
是不是吃下他手中這碗暖呼呼的關東煮，
他們都能毫無牽掛的踏向黃泉歸途？

逢時 著　Sawana 繪

PTT Marvel版人氣作家 **逢時** 獻上讀者推爆作品第一彈！
一段段貫穿三界的悲歡離合即將上演！

特偵X
-ten-
全六冊
不管多兇惡的鬼，
剛開始也都是人殺的……
特偵組裡有一個神秘的第十隊，
他們專辦「非人」的案件……
失去一切的蘇雨，捨棄天師的身分投身警界效力，
能力超群，卻逃避的不願去面對一切有關「非人」的事件，
陰錯陽差之下他受命接下偵十隊的擔子，
帶領一群成事不足的小菜鳥天師辦案，
也讓他的命運再度與數年前的慘案繫上。
已逝者喚不回，人類藐視鬼神的所犯下的災厄卻還沒停止，
在重重的謎團之下，還未成熟的十隊該怎麼面對前所未有的難題？
蒔舞 著
KituneN 繪

高寶書版集團
gobooks.com.tw

輕世代 FW060
青燈03墨殤引

作　　者　日京川
繪　　者　kiDChan
編　　輯　張心怡
校　　對　王藝婷、許佳文、賴思妤
美術編輯　陸聖欣
排　　版　彭立瑋

出　　版　英屬維京群島商高寶國際有限公司臺灣分公司
　　　　　Global Group Holdings, Ltd.
地　　址　臺北市內湖區洲子街88號3樓
網　　址　gobooks.com.tw
電　　話　(02) 27992788
電　　郵　readers@gobooks.com.tw（讀者服務部）
　　　　　pr@gobooks.com.tw（公關諮詢部）
傳　　真　出版部　(02) 27990909　行銷部 (02) 27993088
郵政劃撥　19394552
戶　　名　英屬維京群島商高寶國際有限公司臺灣分公司
發　　行　希代多媒體書版股份有限公司/Printed in Taiwan
初版日期　2013年12月

國家圖書館出版品預行編目(CIP)資料

青燈. 3, 墨殤引 / 日京川著. -- 初版.
-- 臺北市：高寶國際, 2013.12-
面；　公分. --

ISBN 978-986-185-933-0(平裝)

857.7　　　102021880

三日月